阅美文

迎风之灯

李木生 著

李木生

西苑出版社

图书在版编目（CIP）数据

迎风之灯 / 李木生著 . —北京：西苑出版社，2018.12

ISBN 978-7-5151-0698-4

Ⅰ. ①迎… Ⅱ. ①李… Ⅲ. ①散文集－中国－当代 Ⅳ. ① I267

中国版本图书馆 CIP 数据核字（2018）第 289950 号

迎风之灯

YING FENG ZHI DENG

出 品 人	赵 晖
责任编辑	陶永学 辛小雪
特约策划	凌 翔
责任印刷	陈爱华 严令升
责任校对	刘娟娟
封面设计	戴 敏
出版发行	西苑出版社 XIYUAN PUBLISHING HOUSE
通讯地址	北京市朝阳区和平街 11 区 37 号楼 邮政编码：100013
电 话	010-88636419 传真：010-84281520
	E-mail：xiyuanpub@163.com
印 刷	三河市金元印装有限公司
经 销	全国新华书店
开 本	710mm × 1000mm 1/16
字 数	160 千字
印 张	12.75
版 次	2019 年 3 月第 1 版
印 次	2019 年 3 月第 1 次印刷
书 号	ISBN 978-7-5151-0698-4
定 价	49.80 元

（凡西苑版图书如有缺漏页、错页、残破等质量问题，由印刷厂负责调换）

目　录

第三辑　月华如水

第四辑　山河独语

第一辑　女人如花

探访呼兰河

——怀念萧红

萧红，你一定不会料到，我说到就到了你的眼前。夏日的太阳，烤着呼兰河，不断线的车辆，将我逼到呼兰河桥窄窄的人行道上。从容的河水，从桥的两边游向天空与田野相交的平阔的远方，像两条臂膀，揽着呼兰县城，也欢迎着你的友人。你的容颜，一如河水，闪着细碎的阳光，淋净了车辆扬起的灰尘，也滤去了我心头的溽热。这天是 1997 年 7 月 30 日，下午 5 时左右，我从山东赶来见你。

六十八年前，也是这样的夏天，十九岁的你永远地离别了呼兰河，为了逃婚，为了反抗专制残暴的父亲，也为了能够继续读书。怎能让汪家地主的聘礼，拴住青春的自由呢？只是你和你的呼兰河怎么也不会想到，这就是永别，它笑着送你，你笑着别它，好似一年半载你们又会见面。

你不会想到，离别了呼兰河，你的几乎刚刚开始的生命，只剩下了十一年的路程；你更不会想到，离别了呼兰河，人生的悲苦，会像雪崩一样地倾覆在你美丽的追求上。如果知道这些，送你的呼兰河，一定会呜咽凝滞，将你挽留的。当然，即使知道这些，你难道会稍稍徘徊犹豫吗？不，不，你仍然会踏上远行的孤旅，因为在美丽的追求与雪崩样悲苦的冲撞中，你毕竟体验到了一个人，一个作家，一个女人的丰富况味。活的死，百倍地强似死的活，漫长的泥淖，怎比短暂的细瀑？

回首这十一年的羁旅之途，命运之神就没有一点怜悯与自责吗？几乎就在她出走的同时，苦难就像疯狗一样地扑来。饥饿、寒冷、病痛（多种疾病）、贫穷、漂泊、孤独、丧子、失夫，拧作狰狞的鞭子，抽得她遍体鳞伤，有时轮番，有时齐上，一直撕咬到她生命的终结。她那“我饿呀！”的叫唤，至今还在重重地捶着后人的心壁。久久处于饥饿状态的她，以至产生幻觉：“桌子可以吃吗？草褥子可以吃吗？”从哈尔滨开始，北平、青岛、上海、武汉、临汾、西安、重庆、香港，在日寇的枪炮下，她是一只无家可归、无枝可依的哀鸿，一个瑟瑟的惊魂。病入膏肓、生命垂危，日兵带着大铁钉皮鞋的践踏声，是怎样地敲击着病床上萧红的神经？她生命中最后说的那句话——“是日本鬼子！”——该包含着多大的惊恐和控诉？作为人，病痛与战火中的流离，几乎使其一切生趣丧失殆尽；作为作家，以第一篇小说《王阿嫂之死》始，以自己凄凉地死在香港一所日本占领的临时医院终；作为女人，一生没能找到爱的归宿；作为母亲，刚生下的女儿迷失了，刚生下的儿子夭折了。

苦难中国的大背景下，一个痛苦异常的中国女性。

靠树树倒，靠墙墙塌的萧红，正值青春但已历尽沧桑的萧红，依然不屈不挠地渴望着一个人生存的权利，渴望着一个作家写作的成功，渴望着一个女人爱情的幸福。她像一只追逐温暖与光明的大雁，飞着，翅膀折断了也要从悬崖上朝着温暖与光明俯冲下去，哪管身粉骨碎。从爷爷深厚的爱里，从鲁迅先生博大的父爱里，也从萧军忘我的爱里——虽然爷爷死了，鲁迅死了，连你唯一心中留恋着的萧军也离开你重新结婚生子了——你让灵魂萌发着欢乐的新绿，也充实着爱与善的力量。

饱受蹂躏的祖国，你不就是一只奋飞的雌雁吗？

命运之神真的恼羞成怒了，它不得不戛然中止你的生命，在你三十一岁时。但是谁能说，萧红的死，不是命运之神的失败呢？

天就要黑了，我还在呼兰城萧红的故居里流连着，怎么也不忍离去。冷清的门庭，冷清的院落，看门人几次催促，我还是再拍拍她睡过的火炕，再抚抚她爬过的窗棂，再看一眼她洒下童年欢乐的后花园。爷爷不在了，二伯不在了，团圆媳妇不在了，逼你出走的父亲也不在了，就连有着生之坚强的冯歪嘴子也不在了，你更是一去不回。人去房空，人去房空啊！只有几只白蝴蝶、黄蝴蝶、花蝴蝶还在后花园里翩飞。再过几天，就是你离家出走的纪念日了，你的魂儿也像这翩飞的蝴蝶一样，年年回家来吗？

空寂的房屋与空寂的庭院，年年岁岁，只诉说着一声长长的、稠稠的呼唤“归来啊……”

也许，就在你离开呼兰河的一刹那，你就开始想家了。虽然你头也不回，但我知道你的心是唤着呼兰河的，离开得越远越久，这呼唤也便越切越烈。再自由的风筝，有线牵着才踏实，再悠然的云彩，也要把泪水滴在土地上，心碎了，那就碎成思恋的星雨吧！

你知道吗？你的心的每一次悸动，都牵动着呼兰河，你的每一滴痛苦都让呼兰河难受。呼兰河甚至忘记了自己的苦难，只将哀伤的眼睛盯着自己飘零的女儿。腹中的孩子就要出生了，那是一生中唯一真正爱过的男人的孩子。虽然他已经成了别的女人的男人，但是这个孩子也许将是她孤旅生涯中唯一的慰藉，再不能迷失了。生下了，儿子，但竟是个死婴。才燃起的母爱，旋即死灭，你拿起剪子将为孩子预备的花布，那块摩挲了无数遍、揉进了那么多憧憬的细软布（婴儿的嫩肤可得小心），铰得碎如落英。此时，只有呼兰河汩汩流入你的心头，劝慰着：你有着不死的孩子，那就是你写的书。

其实，呼兰河知道，你本质上是一个最怕孤独的人。祖国正在失落，家园已经失落，而你那为了尊严无法形于语言、但却浸透于灵肉间的渴念的爱，竟然也像流沙一般一次次从你执着的手中滑落。于是，最怕孤独的你，越发陷入更深的孤独里。茅盾先生说的“那时正在皖南事变以后，国内文化人大批跑到香港，造成了香港文化界空前的活跃，在这样环境中，而萧红会感到寂寞是难以索解的”便可以得到索解了。在无以排解的寂寞中，离开呼兰河越来越遥远的萧红，和呼兰河贴得越来越紧了。要感动一代人又一代人的名著《呼兰河传》、名篇《回忆鲁迅先生》就在这种愈远愈近的心境中诞生了，因为呼兰河系着你的生命之根，而鲁迅先生则给了你彤云密布的生涯里少有的一段晴朗日子。

一个独一无二的女人，一个独一无二的作家。最害怕孤独，渴望依靠着一片坚强而又柔情的男子的胸怀，并用爱情将孤独烧成灰烬，却又顽强地坚守着人独立自主的尊严；感应着时代，却又敢于“游离”于时代的主流之外，让笔下的文字忠实地记录自己本真的心。理解你的鲁迅早早地走了，你便在没有人可以倾诉的世上思念着呼兰河，寂寞地写着。

一盏明亮的油灯，也便在这愈远愈近、寂寞渴念中熬干它的灯油了。

1942 年 1 月 19 日深夜，和病魔搏斗了十年的萧红极度疲倦，死神终于迫近了。但是她太想活了，爱和被爱是那么美好，三十一岁，该是有着广阔的爱与被爱的空间的。零时，凝视着冷面的死神，喉咙插着铜管、已经无法说话的萧红，从守护在身边的东北作家骆宾基手里拿过笔来，写下了她一生中的最后两行字：“我将与蓝天碧水永处，留得那半部红楼，给别人写了”，“半生尽遭白眼冷遇，……身先死，心不甘，不甘。”22 日 11 时，死神拽着萧红的手走了。

呼兰河目睹着这一切。目睹着这一切的呼兰河肝肠寸断了。一步三回首的萧红，你听到肝肠寸断的呼兰河的哭泣了吗？

你走时，呼兰城龙王庙旁的东大桥下，那只团圆媳妇惨死后变的白兔也在哭呢。是你切切地思念着家，才体会到团圆媳妇（其实还是个孩子）的想家之切吗？白兔还是那样——“有人问她哭什么？她说她要回家。那人若说‘明天，我送你回去’，那白兔子一听，拉过自己的大耳朵来，擦擦眼泪，就不见了。若没有人理她，她就一直哭，哭到鸡叫天明。”

已是繁星满天的时候，我不得不告别呼兰河。四野阒然、空旷、神秘。萧红，你肯定在这开阔的草甸上捉过鸟儿。但是，没用乌拉草编过草鞋吧？再衬上匝成头发样松软的三棱草，可暖和了。再过半个月，就是农历七月十五的盂兰会，人们又要拥到呼兰河上放河灯了。“冤魂怨鬼”们每个也会凭着一盏河灯，从黑暗的死地重新托生到人间来。举首苍穹，银河正横。谁说昊天不悯？瞧那银河中的星星点点，是谁放下了无数引路的河灯？哪一盏是萧红举着的明灯呢？快引导她归来吧，呼兰河在等她……

热的冰心

玉壶中的冰心总是热的，作家冰心的冰心尤其热。

九十九岁的冰心走了，走在 1999 年 2 月 28 日晚上 9 时。有这样热的心的人，怎么会走呢？况且，再有八个月，10 月 5 日，就是她的百岁寿辰，她怎么舍得走哇？也许，她是到天上叫人去了，要叫回老舍、萧乾、丁玲、梁实秋、林巧稚，对了，还有丈夫吴文藻，挽着他们的手，一起走向二十一世纪。

冰心真的走了。她怕惊动了巴金，生怕他孤单得慌，所以悄悄地走了。

中国，久已没有这样群星灿烂了——五四运动的风云，似乎就在昨日。虽然她不是最亮的，却是亮得最久的。当群星或陨落或暗淡的时候，她的心却醒着、亮着，在整整一个世纪中，以自己全部的光和热，守护祖国，守护人民，也守护着文坛与文坛的良心。

有时，梦魇中醒来，于浓重的夜里，总能找到一颗刺透夜空的星星，那就是她了，慈祥而又坚定地亮着，毫无疲倦地放着幽默而又严正的光芒。她从不在夜的云翳前退缩，也不因虚幻的太阳而敛息自己光的羽翼。她是如此地爱着她的人民，广博而又具体，在那爱得忘我的境界里，她便越发地获得浑然的精神自由了。这，也是她长寿的秘诀吧？作为一位万众瞩目的世纪老人，她结交过很多名流贤达，即使在临终的病榻上，也有不少重要人士前去看她。对于这些，她或许并不怎么放在心上。真正让她牵挂不已的，还是无名的教师们、无名的青年们、无名的……千千万万由普通人组成的人民，她就是他们中间的一个啊。重要人士和名流贤达，总会有许多人为其服务，为其操心，服务得周周全全，操心得无微不至，只有大量的普通人才如一片焦渴的土地。当春雨点点滴滴悄然而至的时候，那一定就是冰心了，她怎么会不落在大地上而落在殿堂里呢？

我们至今还珍藏着她于1994年为《济宁日报·星期天刊》的题词。那时正在筹备星期天刊的创刊，虽然素无联系，却想到了她，辗转打去电话，是她的女婿陈恕教授接的。说实话，一家地市级报纸（全国此类报纸近千家），电话请一位九十四岁的大师题词，真是不敢抱多大希望。但是，题词不久竟然从北京寄来，还端端正正盖着印章。这就是冰心，为普通人写了一生的冰心。我们当然还记着她的好多事：1911年秋，十一岁的冰心将自己积攒起的十块压岁钱，送到申报馆，捐给辛亥革命的军人们；1995年，九十五岁的冰心把《冰心全集》的九万元稿费，悉数赠给中国农村妇女教育与发展基金会；遗嘱中还写着，将全部稿费与版税捐献给中国现代文学馆和希望工程……

有着忘我的大爱的人，一定也是勇敢的。一个世纪间，她以“五四”战士的身份，站立着，为教育、科学、民主，为正义、真理、光明，鼓与呼，与封建，与极左，与腐败对峙并泼洒着憎恶。萧乾说：“老年的冰心更勇敢、更辉煌。”我记得，九十岁时的冰心说过这样的话：“我这九十年经历得太多了，凡是违背人心物理的事情绝弄不长的。”

如今，她走了。再过上一个世纪，人们也许会淡忘她的一些作品，但是人类将永远留恋一个叫冰心的人。九十九岁的冰心，走在一九九九年一天的晚上九时，这“九”，不也预示着一种无限吗？

让我们用她悼念丁玲的话为她送行——“死而有知，也许有许多欢乐的重逢。死而无知，也摆脱了躯壳上的痛苦”。让我们的心，为她开成玫瑰吧！

薛涛，那朵自由之花

1

城市是否也有性别？仔细品品，好像真有呢。比如成都，我就明确地感受到了浓淡有致的女子的情怀。那总也不老的碧流青山，那常布常新的雨露，还有将整个城市调拌得有滋有味的语言——一种人间烟火的亲切和超脱凡尘的浪漫，就会杂陈融化成一种无处不在的氛围、空气，变成你的呼吸与视听，心也就柔软清明起来。

即便是外乡人，也会在这里得到无微不至的照抚。二王庙当然是为纪念在成都平原留下了都江堰的秦国人李冰父子而建，这是一种世代不忘的感恩与褒奖。还有那个智慧忠诚却又一生劬瘁不堪的山东人诸葛亮，那个没钱没势、处于流离失所之中的河南人杜甫，都在这里受到了亲人般的眷顾。

但是我却只去了锦江之畔的望江楼，那里“居住”着一个名唤薛涛的陕西女子。这个城市对她更是不薄，除了敬重，还将一种绵延不绝的爱，一种只有女人之间才会有的理解，赠予这位曾被人称为“尤物”“妓女”“文妖”的女子。不仅以她为豪，还筑起了气派宏大的望江楼公园纪念她。园内的薛涛井、薛涛墓、吟诗楼、健美却又略带忧郁的薛涛雕像，以及满园薛涛喜爱的竹子，无不显示着成都人对于这个女子的疼爱与推崇。“少陵茅屋，诸葛祠堂，并此鼎足而三”（公园大门门联上的一句），在成都人的心目中，这个弱女子的地位，是不低于诸葛武侯与诗圣杜甫的。

郁勃的锦江就在巍峨的楼下急急地走过，就要归隐的夕阳还在努力地将他的慈爱轻轻地探进楼来，而满园的竹林里，笼罩的暮色也就染着些深深浅浅的苍茫。这是这个喧嚣的城市里最为寂静的地方吧？轻步屏息，真怕扰了这个一生寂寞独行的女子。

以一个乐伎的身份，生活于官场这个男人的世界里，却活出了一个比他们都要光彩超然的人生来。以一个诗人的身份，立足于唐朝诗歌这个男人抒情骋才的领地里，竟然也能够发出自己不同凡响的声音来。虽然已是一千多年的时光过去，但用心灵去体察她的生命、承沐她的诗歌，依然让我感觉到岷山之雪的晶莹和锦江之水的丰沛与清澈。

这就是薛涛了，开在盛唐与晚唐之间的一朵自由之花。

2

是安史之乱将这个出生在长安的小女孩逼到了成都。她不管赫然的盛唐怎样地暴露出腐朽的本相，只让自己的生命旺旺地生长着。就连离乡背井的父母的悲苦，也无法遮蔽她雨后春笋一样向上的日子，她的韶华正在诗歌的王国里长成一株快乐的修篁。

但是在一个专制的国度中，美好的事物，尤其是美丽的生命（而这美丽的生命中又以姣好聪慧的女性为最），总会有接踵的苦难煎之熬之。

虽然做着小官的父亲曾经告诫过女儿要远离官场——因为那里是最黑暗最龌龊的地方，也是最险恶最能吞噬美好生命的地方——但是命途多舛的女儿却偏偏被圈入这样的地方。

父亲过早的辞世，孤女寡母的现实把薛涛早早地抛进了自谋生路的境地。是迫于生计，还是官家的逼迫，或者兼而有之？正是豆蔻年华的薛涛加入官方编制的乐籍，成为西川节度府中一名在册的乐伎。当享乐从官方蔓延至民间的时候，乐伎也就成为唐朝的时尚，庆典宴会，游乐节日，总会有乐伎助兴，歌舞奏乐、侍酒赋诗。乐伎中有男伎女伎，女伎亦可称“乐妓”，虽然卖艺不卖身，但乐伎社会地位的低下却是明摆着的。

不知这样一个貌美而又有着奇才的女子，在她十二年的乐伎生涯里有着怎样的酸甜苦辣、喜怒哀乐？虽然正史不屑于注意到这样一个只是为着权势者侑酒陪乐的乐伎，但是有这样关于薛涛的两件事情，似乎在透露出当年的真实。一件是被罚赴边关松州，一件是被安置于校书郎的岗位，这些都是将她收入乐籍的西川最高长官、节度使韦皋的“杰作”。

松州地处现在的黄龙，不仅是海拔三四千米的高寒荒蛮之地，更是唐与吐蕃频繁交战的前沿。将一个十八九岁的弱女子罚于这种边地的军营之中，危险与恐惧，至今想来仍会让人感到战栗，那种如鱼儿刮鳞时的瑟瑟蠕动。被罚的具体因由虽已无法确切地知道，但是有一点是肯定的：“忤了韦大人的意，扫了韦大人的兴，甚至不排除男人心上特定场合下横生的醋意。”好在有诗给她慰藉，“闻道边城苦，而今到始知”（《罚赴边有怀上韦令公二首》），“按辔岭头寒复寒，微风细雨彻心肝”（《罚赴边上武相公二首》）。我似乎能够看到韦皋读着这些诗句时嘴角上浮起的得意之色，以及这种得意之中浸染着的那种猫玩鼠时的骄横。但是又能怎样？一个“罚”字，不是已经透露出了这个小小弱女子的独立不羁吗？即便是薛涛好似自贬自损并遭到后人诟病的《十离诗》，我感到的也是一个女子的血泪控诉与绵里藏针的抗争，“为遭无限尘蒙蔽，不得华堂上玉台”（《十离诗·镜离台》），“衔泥秽污珊瑚枕，不得梁间更垒巢”（《十离诗·燕离巢》）。

新异的诗篇，独立的人格，还有堪与男人匹敌的见地，又让男人世界里的当权者与诗人们无法小觑这个小女子。岂止是无法小觑，还有钦佩与敬畏。韦皋将一名乐伎而且是一名女乐伎的薛涛安置在节度府校书郎的岗位，这在中国历史上恐怕是绝无仅有的吧！在唐朝，校书郎虽是九品小官，但是对于任官的资历却是要求很高，需要进士出身或相等的“学历”。有唐一代十一名从校书郎起家的诗人文士中，就有四人爬到了宰相的高位。

在这个男人的世界里，似乎已经无法忽视这个独立的存在。

元稹、白居易、张籍、杜牧、刘禹锡等二十多位著名诗人与其唱和；韦皋、高崇文、武元衡、段文昌、李德裕等十任西川节度使都对其以诗人相待。

她好像并不太看重这些，这只是让一个女人在岁月里成熟。即便按照我们今人的想法，一个毫无背景的柔弱女子，不依靠一个权势者，是很难生存的。她当然不是不食人间烟火的神仙，也不是一个圣者，她只是一个女人，一个有着局限的女人。在西川的十一任节度使中，肯定有着她的知音、甚至在感情上有着某种牵扯的人，如那个与她年龄相仿、为她的死而悲哀并为其写下墓志铭的段文昌。但是她与他们毕竟井水河水一样地隔着，会有应酬，但终也无法形成真正的平等交流。这个内心高傲的女人，有着自己的原则与底线：高贵的人格与纯粹的情感。不媚俗，也不是殉道，只是一个好女子的内心诉求。

在灯红酒绿间，可能会有泥水溅上身来，还有笑容下强忍的泪水和失望，以及现实与心灵冲突下的自责与疲惫。不是有清洌的锦江吗？她总会将溅上的泥点濯洗干净，再在独处的时候将自个儿将养一新。透过时间的烟霭，我清楚地瞧见，一朵婷婷的玉荷正在尽情绽放，挺括的粉瓣上还挂着泪一样的水珠。闭上眼，嗅嗅，会有丝丝缕缕的清香在肺腑间游走。

就在挣得了尊严与尊重的时候，风华正茂的薛涛却毅然出钱脱离乐籍。为了脱离乐籍，她肯定是做了长期准备的，从物质到精神。

她知道，即使冠上“女校书”的称号，乐伎依然是别人的奴仆。

3

以一个乐伎的身份，在这样一个男人的世界里，尴尬、辛酸、压抑、无助、惊恐、孤独甚至屈辱，是怎样在这样一颗高贵而又高傲的心上，留下血泪的记忆？

没有兄弟姊妹，又没有了父亲的薛涛，多么渴望有一个忠诚而又热忱的男人，相托一生，安妥她的爱。还有比爱与被爱更让女人憧憬的吗？尤其对于这样一个孑然一身、无所傍依的女子。

她曾经以为已经找到，这个人就是元稹。公元 809 年，这是他们相遇相识相爱的一年。薛涛是美丽的，还有她的诗、她的出淤泥而不染的心地和她一往情深的痴情，都让元稹对于这样一个成熟而又出类拔萃的女人一见钟情。“曾经沧海难为水，除却巫山不是云”，刚刚为过世的妻子写下了如此名句的元稹，当然是一个情种，也是山盟海誓的高手。

薛涛肯定得到了爱的誓言，或者还得到了将被迎娶的承诺。相爱之时的两情相悦，令这个孤苦无依的女子第一次如花一样怒放了。元稹是幸运的，只有他领略到了这个罕见女子盛开时的美丽。只是他终究也没有明白（或者他根本就不想明白），这个恋爱的女人是以命相许的，是瀑布跳崖一样义无反顾地扑向自己的爱情的。别人看来是粉身碎骨吗？她却觉得这是生命中最为享受的飞翔。

但是元稹走了，走了就再也没有回来。事业、出身、舆论、家庭……他会有一千种理由。

薛涛却痴痴地等着，任如玉一样的年华在寂寥中消磨。一年，两年，十年……她的最精彩的诗章就是在这种等待中为煎熬的爱情而写，“风花日将老，佳期犹渺渺。不结同心人，空结同心草”（《春望词》）。一首一首地誊写在自制的粉红笺上，再细心地装帧，寄向远方吧，连同锦江一样没有穷尽的思念。再做上一道曾经专门为爱人做的“开水白菜”，望着袅然舞动的热气，就有带着他的馨香沁入心脾。她甚至看到了刚刚病过的爱人，喝了这种汤后脸上渐洇的红晕。这是用老母鸡、老母鸭、净瘦猪肉、净鸡脯肉经过煮、扫、吊等多道工序做成的清澈透明的汤啊，那嫩嫩的白菜心也是经过了沸水断生、清水漂冷去腥，变得一如玉瓷般剔透了。平常，素简，却又藏着醇厚无比的味道和滋养生命的营养，她心向往之的爱情不就如这道“开水白菜”一样吗？

但是走了的元稹终究是一去不返。虽然确曾有过爱，可他不能娶一个曾经是乐伎的女人，不能与一个苦寒出身的贫家女相伴终生。男人和女人就是不一样，爱情对于女人可说是雪天的炭，对于时刻惦记着“进步”的男人也就是个锦上添花吧。他要娶出身名门或位居显要的人家的女儿，这是社会的潮流，也是自己“事业”发展的需要。他的“始乱终弃”，背叛崔莺莺而娶太子少保韦夏卿之女韦丛，是这样；他背叛薛涛，再娶高官裴士自之女裴淑，也是这样。其实就在他离开薛涛之后不久，便又纳妾安仙嫔、相好刘采春。难怪陈寅恪这样说他：“综其一生行迹，巧宦固不待言，而巧婚尤为可恶也。岂其多情哉，实多诈而已。”

好吧，那就深藏起这份情感，独自走路。绚丽过后的简约，谁能说不也是一种人生的至境？

人类的进步与解放，也许应当从男人向女人的忏悔与学习起步。

好在寂寞总是与自由相随，终生未嫁的薛涛，正独自向着人生的新去处走去，不惮于深长的愁苦与孤独的相伴。喜悦，那种因为掌握着自己的命运从而不为潮流裹挟所获得的喜悦，就会为她凄苦却又淡定的人生掺入暖暖的亮色。

4

挣脱罢节度府灯红酒绿的繁华，再收拾起那段不堪回首的恋情，薛涛终于可以以一个解放了的自由的身心，去过自己的日子了。公元 810 年（也是她得知元稹纳妾安氏之后），脱离乐籍已经两年的薛涛在成都浣花溪下游的百花潭买下房子，雇工匠办起了造纸作坊。

流行的纸张纸质粗糙，颜色单一，且尺幅大不便于书写。这个曾经以诗名世的女人，又要造出一种细腻华美而又适于书写诗句的笺纸，不仅为了生计，更为了让自己的情感、自己的诗篇有一个安居乐业的地方。美的情感，美的诗章，美的书法，再落于美的纸笺，一生沦于不堪却不改追求完美本性的薛涛，真的被自己的梦想陶醉了。

这是一个不仅有眼光还有着能够扛得起世事的肩膀的女人。遍尝了仰人鼻息的艰难、屈辱与痛苦，对于自立富足从而能够随心所欲地主宰生活向往的，怎能不焕发成踏出新途的力量呢？

浣花溪因其水质极好而成为蜀地造纸业的中心。浣花溪也因为这个名叫薛涛的女子而名传千古。是她更换造纸原料，首创涂刷加工色纸的方法，改造尺幅形制，一举创出风靡全国的薛涛笺。深红、粉红、杏红、明黄、鹅黄、深青、浅青、深绿、铜绿、浅云，十种颜色的薛涛笺以其美丽、典雅、经济、适用，迅速风行天下，从题写诗词、一般书信到官方文牍，一时成了人们的最佳选择。造纸行业得到了重大的推动，并刺激了蜀地经济的繁荣，更在此后的千余年间，成为中华的文化瑰宝。

明代科学家宋应星的《天工开物》一书，对薛涛有这样的记载：“四川薛涛笺，亦芙蓉皮为料煮糜，入芙蓉花末汁。或当时薛涛所指，遂留名至今。其美在色，不在质料也。”寥寥数语，就记下了这位女子为中国的科技与文化所作出的贡献。中国造纸史上从此也就无法回避这样的事实：东汉蔡伦造出了第一批植物纤维纸，中唐薛涛造出了第一束彩笺。

不过在薛涛，她并没有那些士大夫们以什么什么为已任的想法，更不屑于所谓的青史留名。这些桎梏般的劳什子不过是专制统治者的把戏罢了。自己的生命还是让自己享受吧，只要善与美的竹林还在心头挺拔着，这幅小小的薛涛笺就好像让她生了翅膀一样，可以让她在艺术的美境中更加自如地高蹈了。时间是自己的时间，空间是自己的空间，天马行空的心胸里任凭情感与诗思的波涛翻卷。眼前的几上就铺着自己造就的彩笺，这是多么漂亮的知音啊！让心上的波涛从笔间倾泻，这彩笺就如片片的云霞漫天飞舞了。

这让我想起了唐朝另外两个与她有着相同身世的女诗人，李冶与鱼玄机。李冶生于书香门第，因母亲是妾，在父亲过早去世之后而被李家赶出家门，并沦入娼门。曾与茶圣陆羽相恋无果，“人道海水深，不抵相思半……携琴上高楼，楼虚月华满。弹着相思曲，弦肠一时断”。后因诗才茶艺被唐德宗召入宫中，在朱泚政变中受辱后，旋被德宗以不忠之名扑杀。鱼玄机生于唐武宗会昌年间，富有诗才，“春去秋来相思在，秋去春来信息稀”，与李子安相恋失败，遁入道观后反而与尘世的男人产生了更多的纠葛……

同是专制社会里被侮辱与被损害的女子，薛涛却最终走上了一条别样的路途，一条与统治者划出一条界线、自己拯救自己的路途。想想看，单是这薛涛笺所赚得的钱财，就让无所依靠的薛涛获取了不用心慌的物质基础。没有这样的基础，她恐怕是无法在成都碧鸡坊建起那座吟诗楼，让晚年得到一个躲避风雨的栖所的。这个曾经那样喜欢红色的装束、就连所造的笺纸也以红色为主的女子，晚岁却让道服裹体，一身的素洁，这岂止是对于这个肮脏的男人世界的蔑视与明志，更是对于这个不合理社会的失望与叫板。

5

不知道薛涛是不是古代中国唯一一位以诗歌为业的人？尤其是在唐朝那样一个诗人与诗歌多如繁星的时段里，一个女子，能够不为李白、杜甫等人的光焰所遮蔽，闪闪地发出自己的光芒来，真的是太难了。薛涛沉着地开始了自己的诗歌之旅，从很小到终老，都将其当作终生唯一的主业。

尽管经过了那个不合理的社会的忽略、轻慢与屏蔽，她的诗还是顽强地活了下来。录有她八十九首诗歌的《全唐诗》，在她的诗前有一个小传，很短，全文转录如下——

> 薛涛，字洪度。本长安良家女。随父宦，流落蜀中，遂入乐籍。辩慧工诗，有林下风致。韦皋镇蜀，召令侍酒赋诗，称为女校书。出入幕府，历事十一镇，皆以诗受知。暮年屏居浣花溪，著女冠服。好制松花小笺，时号薛涛笺。有《洪度集》一卷，今编诗一卷。

北宋之前世上还有她的蜀刻本《锦江集》共五卷，载诗五百多首。其后这些诗多已佚失湮没，是现代学者张篷舟先生毕其一生的精力，从各种古籍中裒集整理出薛涛的九十一首诗并加注释，成《薛涛诗笺》一书。

凄风苦雨的日子是那样的多。比这样的日子还要多的则是心上的悲痛与哀伤了。但是不要紧的，总会有诗走来，把这些悲痛与哀伤衔起，再把她的心暖热。可以哭，可以笑；可以恋，可以娇；可以怨，可以怒；

可以凛然如山，也可以柔情似水。当然，一个敏感而又情深的女子，却要孤立无援地深陷在男人的包围里，更有欺侮甚至背叛不时袭来。绝望过吗？或者还有过沉沦？但是她却绝没有真正降服过，因为她有诗歌这个忠贞不渝、白头偕老的恋人相伴相护。那个给她欢乐给她希望也最狠地伤了她的元稹，是不会怜惜她的伤痛她的怨懑的。但是让元稹没有想到的是，认真的薛涛竟然能够因为有了诗歌而让生命始终生动着。写于公元 831 年的《筹边楼》，则将她的忧国忧民的情怀和高人一筹的见解跃然纸上："平临云鸟八窗秋，壮压西川四十州。诸将莫贪羌族马，最高层处见边头。"写下这首诗后一年，薛涛就与世长辞了。明朝钟惺在《名媛诗归》中对这首诗的评说，至今读来还能让人感到作者落笔时的激赏："教戒诸将，何其心眼，洪度岂寻常女子哉？固一代之雄也！"

在一个专制制度太过久长的社会里，越是美好的女子越会得着无端的轻蔑与侮辱。"伎""乐伎""官伎""营伎""蜀伎""妓伎""青楼人""尤物""文妖"等，有无数的称谓落在薛涛的头上。但是有她的诗在，并有一个丰满美丽独立高洁的女子形象，都会一代又一代地感动着后人。"南天春雨时，那鉴雪霜姿。众类亦云茂，虚心宁自持。多留圣贤醉，早伴舜妃悲。晚岁君能赏，苍苍劲节奇"（薛涛《酬人雨后玩竹》）——虚心自持，苍苍劲节，自由挺拔，独立不羁，这就是真正的薛涛了。

6

长眠在成都的薛涛是幸运的。锦江在思念她，望江楼在等待她，还有日夜守望着她的满园的竹子。当然，最要紧的是世代的成都人全都爱她。

真想变成一丛翠竹，留下来，陪她。

夹在北宋南宋之间的这个女人：李清照

瘦瘦的月亮，就这样照着这一地的清泉。

八百多年的烟云怎能模糊了她的容颜？这个夹在北宋南宋之间的女子，竟在当下这个月瘦泉绽的夜晚，如此地生动着。月色泉影里，轻轻地，仿佛有她的魂魄，还在徘徊复徘徊。

她是在独自思乡的煎熬中辞世的。这种独自的思乡，煎熬了她二十多年。一番番的风，一番番的雨，在她苍老的心上咬出斑驳的伤痕。当然还有如泣的蛩鸣和一下下捣衣的砧声，再把这斑驳的伤痕撕扯得血肉模糊。而一声一声无情的滴漏，更是拉长了无眠的夜，让她清醒在锐利的苦痛里，思乡的情绪也就越发地如这泉水一样诉吟不已了。也许，让她能够在这种漫长而又无望的苦刑中活下去的唯一支撑，就是这片甘醇而又从不枯竭的泉水。

因为就是这片泉水印证着她曾经有过的幸福。那是可以对于爱情自由向往的少年时代，那是与所爱的人赵明诚朝夕相处了十年的青年时代。

归来堂的茶香是与明亮的笑声一起，在这乡间的泉边盛开的。屋内身边，尽是两人竭其所有换来的金石书画。把玩展阅自不必说，当然还会有校勘、整理与题签。最为欢乐的时刻，还是以打赌的胜负决定喝茶先后的游戏。随意说起一件事，便指着堆积的书史，让她说出在“某书、某卷、第几页、第几行”（《金石录后序》）。常常是连连被她言中，那茶也便会喝了又喝，竟至兴奋忘情地大笑着，将茶杯连同茶水一起倾覆在怀中。

虽然家族因为朝廷的政治斗争而正被残酷地打压，可是她却沉浸于自己的幸福之中。这是一个女人的幸福，没有任何奢望，更是与世无争，只需要爱人的陪伴。幸福是这样的刻骨铭心，以至于在她潦倒得亲人、财产连同健康全都一无所有的晚年，还在一遍遍地忆起那个倾覆的茶杯，并死死地抱着到归来堂时的那个念想：能与丈夫默默无闻地老死于这个泉边的乡间该有多好！

可是国破的时分，一个幸福的女子怎能不跌入悲剧的深渊？她曾经的幸福与欢乐，似乎只是为了加重、凸显这种悲剧的深切与沉重。

这是连星月也被窒息的黑夜，只有这些清泉会在浓稠的黑暗里独自开放，睁着清清亮亮的眼睛，为这方土地留下不涸的光明。即使在冰天雪地、连人的心都冷酷成冰块的日子，这些泉水也会汩汩地涌着淌着，让那丝丝缕缕的暖意藤蔓般萌生。

但是连这点光明与温暖，也与这个夹在北宋南宋之间的女子完全无关。在时骤时疏的金兵铁蹄的擂击声里，那样爱着的丈夫在她四十六岁的时候猝然病逝，连一心依赖的皇帝也逃得追不到踪影。真是靠山山倒，倚墙墙塌，无依无靠的女子，独自惶恐在破碎的山河之中。

惶恐中，她也紧紧地守着与丈夫一起收藏的金石书画——那里有着丈夫的体温和曾经的快活时光，当然还有着那只倾覆在怀中的盛满着笑声的茶杯。

再是紧紧地守护，一双女人的手，又怎能守护得住？先是故乡中排满了十来间房屋的书册全部被金人付之一炬；继而，南奔时“连舻渡江”的两万卷书和两千卷金石刻，也在金人所占的洪州基本散为云烟。就在她为紧紧守护的金石书画损失殆尽而悲伤不已之时，朝廷却又传出丈夫曾经将一把玉壶送给金人的谣诼。为了给丈夫洗清冤屈，更为了避免灭顶之灾，她只好将家中所藏古器全部献给朝廷。只顾逃跑的皇帝哪里去寻？这些珍器最终尽皆落入官军之手。南奔时曾经载了十五车的金石书画，等流落到会稽赁居于一钟姓人家时，仅剩下“五七簏”便于携带、又最为夫妇二人所喜爱的书画砚墨。

再也不能有所闪失，就把它们放在卧榻的旁边吧，目能及，手能触。哪天不是一遍遍将箱子开开合合？哪怕只是看上它们一眼，凄惶孤苦的心也会稍稍得着些慰藉。谁知上苍竟是如此无情，他似乎觉得这个孤单的女人还没苦到极处，非要夺走她仅余的慰藉。是在一个晚上，这仅存的书画砚墨，竟被人凿墙窃走五箱。必须记住这个窃贼的名字：卜居会稽时的邻居，钟复皓。

视同性命、意在与身俱存亡的书册卷轴金铜古器，转眼成空。

孑然的女子，孑然的恸伤，泣血的心和着寸断的肝肠。无助的泪眼盯向苍天，她问：可是我命菲福薄，不能享受这些尤物？瘦弱的身子俯在残零不全的数种书册之上，颤抖如风中枯草。向着无尽的黑暗，她问：夫君，夫君，可是你太过爱惜这些凝着咱们生命的宝贝，才把它们拿走？不然，为什么费尽心血熬去岁月艰难得到的人间珍品，却这样的易于失去呢？！

带血的哀恸会让石头感动。数百年后，以厉苛著称、绝少人情味的明朝内阁大学士张居正，竟会因为这个女子的哀恸而错罚自己的部吏。那是在他见到一个浙江口音且又姓钟的部吏时，迅速想到了夹在北宋南宋之间的那个女子的哀恸，立刻追问对方是否是会稽人。当得到肯定的答复后，张居正脸色骤变。虽然无辜的部吏赶紧解释自己的家是才从湖广搬来的也无济于事，还是受到了莫名的贬谪处分。

丈夫辞世三年之后，被哀恸笼罩的女子终于病倒了。国破，家破，夫亡，己病，又没有自己的儿女，几乎绝望的女子，挣扎着也是赌注般地选择了再嫁之路。苦难似乎没有止境。曾经沧海难为水，更何况再嫁之人张汝舟竟然是一个只图她的金石书画的贪婪小人。贪婪必然凶残，当张汝舟知道花言巧语骗娶的女人已经没有多少收藏、并且仅存的一点也无法到手的时候，“遂肆侵凌，日加殴击”（《投翰林学士綦崇礼启》），拳脚相加之外还生出了杀人夺物的邪心。

共同生活了一百天之后，这个身处无助困境且看似柔弱的女子，又做出了甚至比再婚还要惊世骇俗的举动：告发张汝舟妄增举数获取官职的罪行，宁肯坐牢也要坚决离婚（宋朝刑律明确规定：告发丈夫，不管对错是非，都要坐牢三年）。

再婚离婚，这个病中的弱女子，独自承当着身败名裂的人生结局。且不说尽失爱人赵明诚的亲朋，要以曾经的千金之躯、贵妇之身去坐不堪设想的牢狱，还有罄竹难书又有口莫辩的现世的诽谤与谩骂、蔑视与唾弃。她甚至因为看到了“败德败名”的“万世之讥”，而更让身心受着“愧”与“惭”的熬煎。这是可以将大山一样的男人挤为粉齑的空前的压力啊。

但是她挺身而起。

柔弱的身体里，其实流动着故乡那片泉水的神韵。那是自由的歌唱，那是光明澄净而又刚烈不挠的血脉。谁会理解一个孤独无助的女子的内心？对于家庭温暖的渴望，对于异性照拂的渴望，在这样风雨飘摇、国破家碎的时候，也就来得更加的殷切了。再嫁，这是一个正常而又正当的选择。正人君子们可能会觉得这是对于已故丈夫的背叛，何况他们有着那样深挚的情感。可是谁去顾及她的艰难、困苦、孤独、无助，还有她那细腻而又高贵的心弦上战栗的忧伤与寂寞？而离婚，则是她逃离深渊、争得宁静与洁净的唯一选择。

再婚离婚，固然是一个女子的无奈，却也展现着男人绝少具备的磊落与胆魄，以及自由光明、粹净刚烈的心性。

她不会为了一个“贞节”的虚名，让生命在虚幻中无所凭依。但是她又绝不会为了不落骂名，而屈己苟活。对于贪婪残忍的张汝舟，她宁肯坐牢落下“万世之讥”，也不稍作让步。而对于前夫赵明诚，她则一往情深，有担待，能忍让，善回护，肯牺牲。渗透着他们共同心血的传世经典《金石录》，是她悉心保存、精心整理，而后署上丈夫的名字献给了朝廷。作为建康（今南京）的首长，赵明诚曾在兵变之时与副职乘夜坠城逃跑。作为妻子，她有着很大的不满。她的“生当作人杰，死亦为鬼雄”的诗句，不光是对于朝廷只顾逃跑、不去抗战的不满，也有着对于丈夫的批评。批评着，却也爱着，这就是莫大的催促了，丈夫于兵荒马乱之际策马赴任的急切，不是也有着她的影子吗？没有生育，丈夫也一生没有娶妾，她是感动的。但是丈夫日久所生的怠慢，更有在任期间与年轻女子的交往，都曾深深地刺伤了她。她痛苦悲伤，也怨也怪，却又真情地劝他，信任他，也给他改过的时间。尽管她有着天纵之才，写着天下第一好的词，写着天下第一等的美文，还留下了我国女性所作的第一篇文学评论，也是我国词史上最早产生重大影响的理论文章《词论》——但是她更是个女人，也葆有不被外在因素所异化的完整的人性。她没有奢求，只是要拥有这样一个人，厮守着，爱着他也让他爱着，不要富贵，不要出人头地，也不要光宗耀祖，两人就在这泉边的乡间默默无闻一生。甚至所拥有的金石书画也不重要，它们只不过是他们所爱的道具与见证罢了。在她的心中，所谓的经典《金石录》，哪有倾覆在怀中的那只茶杯分量重？有一个“归来堂”足矣，让生命本色地放置其中。“易安居士”的自谓，不正透露出她真实的心迹吗？

就是这样一个“易安”女子的平常心愿，在那样的中国，却绝难实现。虽然因为友人的搭救，她只在监狱中待了九天。但是谁能说，她的后半生不都是在炼狱中度过的？据说她活到七十三岁，可是她的最后二十年，在历史上几乎是一片空白，甚至连到底死于何年何月也没有一个定论。

没谁再去关注这样一个进入老境的女人，更无人知道她的心中到底盛着多少愁苦、伤痛与酸楚。偏安的朝廷与它的百官们早已酣醉在歌舞升平之中，丈夫墓前的柏树也该有半围粗细了。只有那颗心还醒着，再多的酒，也不能稍稍麻痹这醒着的心。但是已经没有明天，只有回忆，便是一番番的风、一番番的雨，也无法打断寂寞连着的寂寞。寂寞，寂寞，寂寞，不舍昼夜，袭来，袭来，袭来，不分昼夜。

偌大的中国，任凭这个憔悴无助的女子，将盛满着愁苦、伤痛与酸楚的心，腌在寂寞的深渊里。

是死在秋风苦雨之夜的吧？没有月亮，没有子嗣，没有亲人，更没有可以指望的男人。无尽的寂寥与苦涩终于可以结束了，只有那不瞑的眼睛里，还向天闪着故乡泉水的光亮。这光亮透着一个诗意灵魂的绵绵幽怨、愤恨与不甘。二十年间，这样一个揣着人间第一挚情又有着人间第一才情的女子，竟然默默无语。是她再用撕毁自己的自戕方式，来宣泄无法与世人沟通的悲愤与幽怨吗？这是不鸣之鸣啊！我们今人承领着“进步”的称号，不再往这样一个女子的身上泼脏水，甚至还会有体谅、欣赏与同情。但是，那种彻入骨髓的幽怨与悲愤，我们能够感同身受吗？就如都看见了她故乡泉水的涌流，可是谁能知道泉下的曲折与奋争？

如今，瘦瘦的月正照着这一地的清泉。

幽幽的泉水中，那颤动的月魂，可是她憔悴的容颜？潺潺的清泉，可是她的泪水在流？轻轻绽开又轻轻散落的泉珠，是她挼碎的梅花，还是她沾满泪水的碎了的心蕊？

就在我们无动于衷的时候，她的悲剧却感动了世界。二十世纪七十年代末，世界天文界竟然用她的名字命名水星（又一个“水”字）的一道环形山脉。

这样看来，我们应当永远记住并爱戴这样一个名字——李清照，记住并珍视这片养育了她的中国独一无二的泉水——中国山东章丘百脉泉。

只是，我们也不应忘记她“凄凄惨惨戚戚”的悲剧人生，并发问：为什么？为什么？

苏三离了洪洞县

朱元璋的明王朝真是沾了妓女苏三的大光，四五百年里，是她让中国人常常记起这个朝代来。

九月末的一个夕照下，山西洪洞县古槐南大街上那座西向的明代监狱，就坦白在我的目光里，因为这里关押过后来几乎家喻户晓的苏三，亦被人们称为苏三监狱。当院里的苏三，正透过监狱的垂花门，向着世上张望，孤单、清丽，却显着娴静，当然还透着微微的哀怨。软软的夕辉，薄薄地施在饱满的腮上，仿佛搽了淡淡的胭脂，微微的哀怨里便有了隐隐的羞涩。就是这个寻常的风尘女子，让这座冷森的历史遗迹，有了些许的暖意，也令炎凉无常的人世，存续着一缕超乎于物质纠葛之外的真情至性。

这就是囚禁过苏三的监狱了。穿过三间过厅向南，即是通监房，十二间窑式牢房，东西相对地挤成一条巷道，阴森里只有两排牢房的檐口处亮着窄窄的天空——一片被铁丝网罩着的天空。被判处死刑的苏三，就是从这条两排普监组成的巷道中被扭入死牢的。由过厅向南走到普监尽头左拐向东，便是嵌着青面獠牙的狴犴头的死囚牢门。因狴犴头貌似虎，世间又叫死囚牢为虎头牢。死囚牢前后两道门，形成一条高一米六、宽一米、长三米的通道。为防死囚犯夺门而逃，两道厚厚的独扇门，一道朝左开，一道朝右开。小小的死囚牢院里，苏三当年洗衣的石槽还在，她打水的井依然向天睁着幽深的眼睛，只有井口处被井绳磨出的十几道印痕，留下难以磨灭的记忆。被又高又厚的围墙圈得深井一般的死牢（光是南墙就有一丈八高，厚一米七，为防犯人凿洞出逃，墙内还灌有流沙），是锁不住一颗爱着活着的心的。暗如长夜的死牢里，这个在世上没有一个亲人的苏三，就把与她的三郎曾经相识相聚的时光，当作灯，照亮并且温暖着她那孤寂凄婉的心房。有了这盏灯，地狱也会变成天堂。她已不再畏惧死亡，就是死刑执行时的形式，也不能再烦扰她。在这个人世上，既然早已是一无所有，那就让自己的情感之花，尽情地开放吧。

我待在囚禁过苏三的那间没有窗户的牢房里（院北最西头的一间没有光亮的窑洞），想着这个受过大刑酷刑、被逼“招供”的弱女子的痛苦、绝望、悲愤与冤屈，血液就如九曲黄河一样地冲撞、湍急起来。

明明知道，将砒霜搀进辣面且毒死了富商沈洪的，是其妻皮氏、邻人赵昂和拉皮条的王婆，就因为一个“贿”字，洪洞县县衙便将这死罪的屎盆子，兜头扣在了无辜的苏三头上。让我们记住明朝的这张贿赂单吧：刑房吏一百两，书手八十两，掌案五十两，门子五十两，两班皂隶六十两，禁子每人二十两，更将一千两封在罐内，当酒送于王知县（以上均为银子）。

县衙与监狱曾是一墙之隔，当年立有戒石亭，上书“尔俸尔禄，民膏民脂；下民易虐，上天难欺”十六个大字。据《明朝小史》和《草木子》记载，明朝还有规定，地方官吏贪污六十两银子以上的就斩首示众，还要剥皮楦草。这两条讯息让我们知道古时对于官吏的管理是严格的，贪污受贿六十两银子就要“斩首示众，剥皮楦草”。

痴情总是女子。就是在酷暑之际，戴着死囚的重枷，出了洪洞监狱，被押解去太原的当儿，苏三心里想的念的，还是曾经相爱的三郎——那位吏部尚书的公子王景隆（有的本子叫王金龙）。她想着她的三郎，想着他们在一起的那些个两情相悦的日子。是她的三郎，让这个出身贫苦、七岁便被拐卖到北京前门外草帽巷一家苏姓人开的妓院为妓的女子（因排行第三，故名苏三，号玉堂春），有生第一次尝到了爱情的滋味。她记得她的三郎不吝花去三万两银子，与她在妓院相处的一年光景；她记得她的三郎银子花尽而被老鸨赶出妓院流落北京街头之时，还在想方设法与她联系的好处；她更记得他们临别时的山盟海誓。常遭蹂躏，更渴望做人的尊严，自卑的精神世界里，怎能不掩藏着分量最重的自尊？是她的三郎，有生以来第一次给了她平等的人的尊重；是她的三郎，有生以来，第一个发现并喜爱着她心灵深处的天使般的童贞；当然，还是她的三郎，对于她埋藏在放纵生活之下的苦楚与悲哀，有着深切的理解与怜悯。因逢场作戏惯了而养成的铁石心肠，一旦被真情之水浇灌得润活灵鲜起来，是可以萌生并开放世上最美的花朵的。如此，酷刑受过，死牢住过，被判死刑又戴着重枷的苏三，怎能不把自己的心声，唱与她的三郎："苏三离了洪洞县，将身来在大街前。未曾开言我心好惨，尊一声过往君子听我言：哪一位去往南京转，与我那三郎把信传……"

痴情就是苦海吧？在这个不人道的男权社会里，男人有着光宗耀祖、"齐家治国平天下"的责任，他们甚至可以为了天下最为自私的皇帝"舍生取义"，唯独不会为了一个痴情的女子而燃烧而牺牲。他们可以是所谓的国家栋梁，却总是情感的侏儒。他们不知羞耻地将自己的情感，伪善地分割成一个又一个的"唯一"、一个又一个的"阶段"（实则始终围绕着一个自私），唯独不能像痴情的女子那样，为了心爱的人全身心地燃烧，直至成为灰烬。于是悲剧，也就总是落在美丽而又痴情的女子头上。

虽然穷文人与中国的老百姓，敬重痛惜这位痴情而又无助的苏三，给了她一个美满而又让人心动的“有情人终成眷属”的大团圆结局——王景隆通过了乡试会试，登甲科，擢御史，巡按山西，为苏三平反冤狱，并最终辞官娶苏三为妾——我还是透过这“千部一腔，千人一面”（曹雪芹语）的大团圆结局，看出了悲剧的实质。

当王景隆流落街头，穷困潦倒，想着妓女这种人对人“有钱的另一样待，无钱的另一样待”，对曾经爱过的苏三疑虑重重的时候，是痴心不改的苏三让人悄悄送去银子，为其置办下衣裳车马箱笼。置办好了行头，又敢作敢当地设下计策，让老鸨重新将王景隆请回妓院，并让他将自己多年积攒下的金银首饰全部带走，“夜阑，生席卷所有而归”。“而归”的王景隆，回到南京的家中安心读书准备考取功名前程之时，也正是苏三遭受老鸨毒打虐待、被剪去头发充当厨房贱婢之时，“鸨知之，挞妓几死，因剪发跣足，斥为庖婢”（詹詹外史《情史·卷二情缘类》）。还有，朋友们对于王景隆的规劝，“功名是大事，婊子是末节，哪里有为婊子而不去求功名之理”（冯梦龙《醒世通言·玉堂春落难逢夫》），难道没有在王景隆内心深处鬼祟出没吗？于是，王景隆金榜题名并迎娶门当户对之妻之时，又恰恰是苏三被妓院以一千二百两银子之价，卖给山西洪洞马贩子沈洪为妾、并在洪洞县陷于冤狱绝境之时。据说，在王景隆一家煊赫的林坟地里，布满着石羊石马等石雕的仪仗，而在王家林地的外边有一个小小的坟，就埋着苏三的尸骨。这不过是人们的一厢情愿罢了，与朝廷一个鼻孔出气的王家，怎能允许一个妓女去“玷辱”他们的列祖列宗呢？

苏三当然不会知道几百年后，上海会有一篇《批判苏三》的奇文，文中会有这样“奇妙”的文字：“她爱上了一个红袍大官，阶级意识开始变了。而她唱的一句‘洪洞县内无好人’，更是严重错误。这是诬蔑劳动人民，缺乏阶级斗争观念的表现。”

苏三就是苏三。她需要爱，她敢于爱，死亡的威胁都不能稍稍犹疑她对爱的追寻。

就这样，被侮辱被蹂躏的一位妓女，敢于与世抗争，越过心理与世俗的障碍，去争取自己的爱情。非但如此，她甚至宁愿独自承担悲剧的结局，也要将自己的生命，不留后路地投入在哪怕短暂却没有渣滓的恋爱里，并将一个男人世界里虚伪苍白的“爱”字，赋予着家常但却坚实耐磨的内容。

明朝的县衙判她死刑，尚书的公子将她舍之于妓院以至于听凭被卖坐狱——中国的穷文人和中国的老百姓却反其道而行之，爱戴她心疼她纪念她传唱她，给她赞美给她温暖给她体贴给她美满。《苏三起解》《三堂会审》《玉堂春》，诸多传唱她的本子在中华大地代代不绝。除京剧外，秦腔、川剧、豫剧、湘剧、邕剧、评剧、越剧、河北梆子、晋剧、滇剧、徽剧、粤剧等均有演唱苏三的剧目，而且连演不衰。京剧的梅、程、尚、荀四大名旦，虽说各有各的看家剧目，但是演唱苏三的《玉堂春》这一剧目却是公用的。她的好与她的悲，在她戴着死罪重枷的时候，就已经感化了人心。那个姓刘名志仁的刑房吏，不是愤然于苏三的奇冤而偷偷地为她写好了状子吗（好在那时的官吏不懂对上访人的围追堵截）？还有那个押解苏三去太原的长解崇公道老人，也被苏三的苦难与痴情所感染，竟然在山西洪洞县那棵著名的大槐树下，就要为小女子苏三除去重枷，不但除去，还要在阴历六月天的溽暑之中，替她将枷背在自己身上。在老百姓传唱的戏里，就有这样的对话——见长解要除去自己颈项上的重枷，苏三忍不住问道：“老伯，这是朝廷的王法，如何去得？”长解崇公道立刻答道：“王法？屁法！在城里由他，出了城就由咱了！”从中，不是可以清楚地看出老百姓对于一些庞然大物的真实态度吗？虽然鲁迅先生曾经概括中国社会为“想做奴隶而不得的时代和暂时做稳了奴隶的时代”，其实在被压迫被欺凌的百姓的心上，那一点蔑视与反叛的念头，是始终没有泯灭的。

当然，被她感化最大的，还是她钟情一生的公子王景隆。她的义无反顾的爱，开始之时便如一道烛照夜空的闪电，点燃了王景隆生命里爱的大火。正是这种明丽而又炽热的爱情，让他们将两个生命熔铸为一体，带领有着更多羁绊的王景隆，度过了虽然短暂却要感铭终生的日子，一种物我两忘的爱的至境。而苏三将自己多年来所有的积蓄，让所爱之人“席卷而归”的举动，则为王景隆心胸的开拓与情感的加深，起到了重大作用。这不仅是关切，更是一种忘我，其基础则是博大而又细腻的爱：她怕自己的心上人没有回家的盘缠，她怕如果不能将自己的首饰换成银子，失去三万两银子的王景隆就没法与严厉的尚书老爹交差。钱财，曾经是她行动的唯一准则和生活的唯一支撑。她们没有有情之人，只有与钱有关的“客人”。但是当王景隆带来并唤醒爱的真情的时候，在苏三看来，与这爱的真情相较，银子、首饰、财产一概轻如粪土。还有，妓女的苏三，不仅智慧，且有着异乎寻常的高傲。如果仅仅是王景隆钱财的付出，这难免有着妓院规则的卖淫之嫌。痴着却又清醒的苏三，绝不愿将投入全部生命的爱情遭受哪怕一点点的扭曲。当她拿出自己多年的全部积蓄的时候，她这个妓院中的女子，在爱情的天平上，终于与尚书大人的公子站在了平等的位置，从而让他们的爱情之花，开得圣洁而又娇艳。无疑，苏三的这一举动，对王景隆同样也是一种唤醒，一种激励，让其领略到超出于功名富贵之上的爱的魅力。

当然，对王景隆影响最为深长的，还是苏三的苦难与苦难中念兹在兹、不屈不挠的爱情。从妓院的受虐到被卖身洪洞，再到入狱受刑、面临死亡的深渊——所爱之人的非同寻常的苦难，肯定在留有着善根的王景隆心上，引发了巨大的情感的波澜。入骨的疼痛、怜惜与深深的忏悔，无不给了他为爱而行动的强劲动力。虽然王景隆不可能从根本上抗拒朝廷、社会、家庭及传统理念的强大势力，不能像苏三那样全心全意地去爱，但他毕竟大胆地越过了专制社会规定的樊篱，并让心头存放下一份真诚的爱情。如果说他的爱，在开始之时给予了苏三新的生命的话，那么，苏三则是用自己全部的生命，让王景隆在渐变之中完成了生命的再造与重生。

于是，一个叫苏三的女性，便以其美好而又高贵的人性、纯粹而又热烈的情感，还有善良而又俊美的形象，独立于大明王朝，并灼灼于中华大地。二百多年后吧，法国的巴黎，出了个名叫玛格丽特的“茶花女”，她有着与苏三几乎相同的命运——也是一代名妓，却同样用自己的全部生命去追求坚贞的爱情，直到如瀑布一般在悲剧的深渊里粉身碎骨。那时，就是这个叫玛格丽特的妓女，却成为“巴黎最为高尚的人”（小仲马语）。看来，女性的崇高与伟大，还有罩在她们头上的悲剧，是不分时空与肤色的。

声色犬马，烈火烹油。环视着这个死囚牢，想想丑陋的世间，回味伪善的社会，这个叫苏三的女子，不就是一股清流吗？在古老的土地上流着，在冷暖自知的人心上流着，从明朝流淌到今天。

不管是都市还是僻壤，也不管是幸福的人还是不幸的人，只要心头还有着一丝柔软，说不定就会有动人心魄的唱腔浮上心来：“苏三离了洪洞县……”

西行的文成公主

文成公主与松赞干布的婚姻佳话，已成为汉藏交往史上的重大事件。对此，《旧唐书》《新唐书》《资治通鉴》等都有记述，《资治通鉴》是这样记载的："贞观十五年（公元641年）春正月……丁丑，命礼部尚书、江夏王道宗持节送文成公主于吐蕃。赞普大喜，见道宗尽子婿礼。"从这寥寥数语中，我们可以知道松赞干布向江夏王李道宗行的是"子婿礼"，道宗当然就是文成公主的父亲了。作为唐太宗李世民的叔伯兄弟，李道宗是刚刚被封为江夏王，此前却是当了近二十年的任城王，而任城就是当今的山东济宁。文成公主出生、生长于任城当是确切的了。

任城——长安——拉萨，她一走就再也没能回来。孔孟之乡，当然走红的是圣人，何况还有"唯女子与小人难养也"的圣训，即使贵为公主，也因其是女子而连个名字也没能留下来，并且长久地被生养之地忘记。一千三百二十多年来，我们即便想起她，也仅仅是把她当作"和亲"的工具；人们赞美，也只是赞美她为"政治"所作出的贡献。至于一个女人的喜怒哀乐、悲欢离合，一个女人丰富多彩的情感世界和她那无处倾诉的心路历程，一个女人的苦难与牺牲、孤独与忧伤、需要与思念，谁还会顾及呢?

但是，有时越被忽视的却越是不朽。在我国西藏，问孔子，肯定有好多人不知道。要是问孔子的老乡文成公主，几乎是没有不知道的。虽然她连个名字也没留下，各种皇家官方的史书上，也对她的生平事迹忽略阙如，可是她的音容笑貌，却早已融入西藏高原的山山水水和世代藏族人民的心上了。有千年不化的冰川雪山，有四季清冽的雅鲁藏布江，青藏高原已成为当今世界最为巨大的保鲜库。它不仅保鲜着原生态的大自然，也保鲜着纯美博大的情怀。让我们尝试着走进她的世界，问候她，也去理解她——

成婚之路，其实就是不归之路。一个大唐女子，所要承受的不仅是和家乡、父母、亲友以及共同营造起的温暖生活的永别；她要从公元641年一直跋涉到公元643年，才能走完她的艰险的成婚之路；尔后，她更要只身面对一片洪荒寒冷的莽原、一个语言不通而又桀骜不驯的民族，还有难耐的缺氧、寒冷、孤单与迥异的生活环境。

李世民到底是个富有人情味的皇帝。即皇帝位的当月他就解放了三千多名宫女，并于第二年（贞观元年）二月下达了让黎民百姓成亲的诏书，要求男二十、女十五以上没有成亲的，州县政府要“以礼聘娶”；家里贫寒没法成亲的，“乡里富人及亲戚资送之”，还细致地要求，对于六十岁以上的鳏夫、五十岁以上的寡妇和愿意守节的妇女，不能勉强。能够体察民瘼的李世民，对于皇亲国戚当然更加疼爱有加了，所以吐蕃的松赞干布多次求婚都被他拒绝了。他不忍让亲生骨肉生离死别。谁知强悍有力、统一了西藏的松赞干布硬是倾慕大唐公主，宁可开战也要成婚。雄才大略的李世民毕竟要以江山为重，踌躇再三还是应下了这门亲事，“妻以文成公主”。李世民有二十一个闺女，可他扒拉来扒拉去，哪个也不舍得放到如此荒凉的地方去，也许他私下里征求过意见，就是没谁愿意去。没法，只好封个叔伯兄弟的女儿为公主嫁过去吧。

这是绝对不能违抗的圣旨。正月，西秦之地的长安够冷的了。文成公主却要随父亲走向更加寒冷的西域，而且没谁注意到，公主丰腴端庄的容颜下，会藏着丝丝惆怅，还有些许恐惧。我们不能期望十八九岁的花季，会有一个政治家森严深奥的胸襟。是幸福还是灾难，是盛开还是枯萎？在公主的担心与期待里，大唐送亲的人马一路向西，向西；而在遥远的西域，正有由松赞干部率领的迎亲的队伍，浩荡着一路向东，向东。山脉连着山脉，荒漠连着荒漠，没有人烟，没有树木，只有漫天的风雪裹挟着娇嫩的公主和公主那浓浓的愁绪。这也许是人类有史以来最长、最险的成婚之路了。已经变为枯骨的王昭君，也会在地下为文成公主的千难万险而深深叹息吧？冬天尽了，春天到了，向西、向东的队伍还在不懈地跋涉着，连风雪也没有停歇的意思。等到终于在青海的鄂陵湖、扎陵湖畔相逢的时候，已是第二年初夏的季节。当家乡在艰辛的熬煎里一步步远去的时候，一个全新广袤的天地也在一点点真切地进入她的心里，那爿能够包容世事、消解苦寒、慈爱仁厚的女性的情怀，也便一日日成熟丰饶起来。

举手送别一步三回首的父亲，强忍着的泪水终于还是小溪般地夺眶而出了，只有满月似的脸庞上还透着坚强与安详。她那成熟丰饶的情怀明镜似的知道：这是永诀，又是开始；是埋葬，更是新生。

相逢的刹那，有一缕喜悦便迅疾地飘过她安恬而略带忧郁的眼睛，还有兴奋的红晕悄然照亮了她那矜持的神态——松赞干布，本意为一个伟大、正义、博学的人，二十五岁的松赞干布所给予文成公主的第一印象，正是这样一个雄姿英发的英雄形象。在他十三岁上，代表保守贵族利益的旧贵族（父王三臣和母后三臣）发动了叛乱，并将统一了西藏的父王论赞弄囊毒死；十六岁的时候，他就以一个英雄的胆魄一举平定了叛乱，毅然迁都逻些（今拉萨），并在其后的十年间创造了西藏历史上最为兴旺发达的时期。与这样一个男子生死相守，该是一个女子千载难遇的福分啊。公主甚至在内心深处涌起了为他做一个好女人的冲动。况且，女性特有的敏感与直觉，让她清楚地感到了这位吐蕃王对自己的喜欢与钟情。雍容华贵、风情万千、知书达理、宅心仁厚的大唐公主的力量，是胜过千军万马的。爱的灵犀便在无言中相通了。

望着为了自己专门穿上汉族袍带的松赞干布，望着前方的这块无限辽阔的高原，她那曾经凄楚不定的心情一下安宁下来，并默然做出了以命相许、吐蕃为家的终生不渝的誓言。

还有什么诺言能比一个女子以命相许的誓言更为珍贵、更为重大、也更为真实呢？因为她们是以无私、博大而又持久的爱去践诺的。

强烈的高原反应，加上对亲人与故乡的思念，文成公主曾经度过了无数个失眠之夜。她常常想起开放的、胸襟阔达的大唐帝国，想起能征惯战而又充满着治国智慧的太宗皇帝，想起英勇善战、博学多识的父王，想起怡怡相亲的母亲与兄弟姊妹。但是，越是想起这些，她便越发地热爱着身旁的这位英雄，热爱着他们共同拥有的吐蕃王国。谁说他和这方无垠的高原是落后、封闭与野蛮呢？她的男人有着高原一样宽阔的胸怀和雅鲁藏布江一样开放的性格——他派贵族子弟留学天竺，并创造出了藏族文字；他聘请了泥婆罗的手工技师、天竺的学者、大食的医生；他更留意学习大唐先进的文化与生产技术。她的出嫁，不就是应夫君的请求，带着乐队、工匠、技师、学者，带着种子、工具，带着大宗的有关经史、佛经、诗文、树种、工艺、医药、历法等书籍来的吗？他不仅精通骑射、角力、击剑、布阵，而且擅长吟诗，熟记各种英雄的传说，并能唱一口雄浑嘹亮的民歌。还有粗犷纯朴、虽罹无穷的苦难仍然情深义重的人民，还有突兀静穆的雪山和无比清洌圣洁的湖泊与江河，还有烈如波涛的野马野驴和如泣如诉的驼铃……她的爱怎能不与雪山共高与江河齐舞呢？他们，尤其是公主，早已跨过了“和亲”与“甥舅之盟”的政治的界线，而让一种渗入骨髓而又绵亘不尽的人生之爱在高原上弥漫开来。有了爱的滋补，英武剽悍的松赞干布，明显地柔和起来，广大藏族人民也更多地得到了他的体贴与关怀。甚至他在险恶的政治风云与战火的磨砺下所生长起的猜忌与残忍，也在这种爱的抚慰中消融了。就连高原的冰川雪山，也因其而富有了柔情，沐浴着温煦的太阳。

爱，是她带给松赞干布和他的吐蕃王国的最为珍贵的奉献。爱，也是她背井离乡永别亲人后的最为重大的人生收获。

但是，播种或收获巨大的人间之爱的人，注定要经受非同常人的磨难与考验。公元650年，年仅三十四岁的松赞干布病逝，一下子将文成公主抛进痛苦的深渊！我们现在已经无法确切地知道当年文成公主的哀伤与创痛。正值盛年，失去挚爱的人，又没有一个同胞亲人在身边劝慰，该有怎样的力量才能度过未来的时日？她不在乎地位与荣耀，甚至也不需要青史留名，她是一个女人，她只要那个相知相爱的男子汉，只要那个充满炽热的情爱、可依可靠的忠诚的胸膛。但是这一切骤然离她而去，在她以为来日方长的时候骤然离她而去。永远失去故乡与家人之后，她又永远地失去了唯一的爱人。

她没有让哀伤击倒。文成公主再一次证明了：女人注定要承受更多的苦难，女人注定能承受更多的苦难；女人因为承受苦难而美丽，女人也因为承受苦难而伟大。她不仅跨过了失去丈夫的深渊，而且又在丈夫所挚爱的土地上整整生活了三十年，直到公元680年10月丙午，才怀着对于吐蕃和吐蕃人民无限的留恋离开了这个世界。

她不是“熬”过的三十年，她是在爱的升华与生命的升华中度过了三十年意义非凡的岁月。而对于佛的皈依与契合，则是这种升华的肯綮。只有佛的博大无垠，才能放得下她的思念，她的情感，她的痛苦，她的欢乐；也是佛的慈悲，不断地拓展着、丰富着她那贤慧聪颖的女性情怀。在这三十年的人生岁月里，她对丈夫的爱生长得更加深长起来，并把这种深长的热爱，点点滴滴化作对于这方土地和对于这方土地上的人民的热爱与帮助。她以一个女性特有的细腻，体察着吐蕃人民的苦难与需要，敏悟到在政治与物质之外，人民还需要精神的依归与抚慰。而越是苦难的地方，越是佛性生长的沃土，因为佛的真谛不是空寂而是悲悯与博爱。于是，她与尼泊尔的尺尊公主一道，共同将融入自己母爱的佛教精神在这片年轻而又广阔的大地上传播开来，并开始了一个民族的皈依之路。

她从大唐带去的经书藏于布达拉宫，她从大唐带去的释迦牟尼像还在大昭寺供着，还有她带去的种子，也在一季又一季地播种着、收获着，而她倾其一生带给这方土地和人民的热爱、柔情、温暖和情谊，更是如圣山圣湖一样长在了高原上，长在了世世代代高原人民心灵的殿堂上。一千三百多年过去了，藏族人民至今仍把她当作保护神一样，与松赞干布一起供奉在各个寺庙里。

文成公主不也是人生历史长河中的一盏不灭的明灯吗?

铭记孟母

孟母史称仉（zhǎng）氏，也是没能留下名字。她的传世，是在孟子的学说感动世人之时，更是在孟子成为亚圣之后。说到感动世人，孟母教子的故事是比一部《孟子》更为深入人心的，她是将母爱演绎成一部家喻户晓、老少咸宜、世代相传的人间大书的。只要不是石头缝里蹦出来的，谁没有过母亲？谁没有刻骨铭心的母爱？谁的心里没有对于母爱的至死不淡的向往与依恋？孟母就是在这种人心的契合与共鸣里千百年、亿万次复活着。

回回读《孟子》，那种字里行间充盈着的仁爱精神，那种对于人，尤其是对于普通人的关切与尊重，总能在我心里激起经久不息的波澜。有时心腔如深邃的山谷，盛满着嘹亮而悠长的回应；有时心腔如川，与它交汇成湍然的巨流，即使遇到断崖深渊，也会飞身为瀑，踊跃向前。交汇着，奔流着，飞扬的灵魂也因为充满着仁爱而生动着、饱满着、年轻着。这是笼罩着母亲情怀的仁爱呀，并因其有着母爱的源泉、母爱的榜样而生生不息、无穷无尽。用“呱呱坠地”指婴儿的出生真是再贴切不过了。“呱呱”是小儿的哭声，“呱呱坠地”就已包括了人类的宿命与本性——人生的艰辛与对于母爱的呼唤。母爱对于人类，不啻是空气、阳光、粮食，它既是孕育、诞生，还是抚养与教育。父亲与母亲，可以相提，却不能并论，因为母爱要更加忘我，也更加的深厚。父爱哪怕巍峨如山岳，再高再大总可以丈量；母爱却如大海大地，无边无际。我们常常说“严父慈母”，其实透彻地回味母爱，它总是严慈相济，严标慈本。母爱无须佩戴任何诸如“伟大”“崇高”“光荣”之类的桂冠，却可以无所不在、无所不包、无所不能。

历史上有一种奇特的现象，很让人思索，这便是看似最弱也是最无助的孤儿寡母，往往会展示出惊人的强大并迸发出巨大的创造力。且不说屡被欺负、数临绝境的孤儿铁木真（成吉思汗）与寡母诃额伦是这样，三岁丧父的孤儿孔丘与寡母颜征在是这样，幼年丧父的孤儿孟轲与寡母仉氏也是这样。因为他们都经历了苦难与母爱的滋养。

我深切理解孟母与孟子，是从历史不经意间遗下的一个细节——孟子休妻——开始的。虽然孟子休妻的事早已淹没在时间的烟霭里，我却觉得它也许是孟子人格成长史上的一个重大事件，我甚至能如影如画地“看到”当时的情景。那是一个炎热夏天的正午，刚刚织好一匹布的孟子的妻子，在婆婆的再三催促下才回到自己的房子里休息。酷热，疲惫，倦乏，忍不住关了门，解下外衣，舒展了四肢躺在床上小憩。谁知这时孟子推门进来，看到妻子裸臂岔腿的“不雅”姿态，顿时火冒三丈，气冲冲就要休妻。孟子想不到母亲不仅不为儿子帮腔，反倒严厉地批评起儿子：将要进门的时候先要问一声有没有人，这不是《礼记》的教导吗？你进屋不敲门不问讯，是你的无礼；媳妇刚刚在泼火的天气里织完了一匹布，又累又乏，你不去体贴却还责备，更置媳妇的生命生活于不顾而动辄谈休，咱将心比心品品，这不就是不通情理的无情无义吗？现如今你的受委屈的媳妇不知该怎样心乱如麻呢，还不快去认个错！谁能说孟子“老吾老以及人之老，幼吾幼以及人之幼”的仁爱思想，不就是发轫于此呢？谁能说孟母不也是以人为本的人文主义的源头之一呢？

孟母固然是一位劳动妇女，但却是一位培养出了大师级知识分子的劳动妇女。其含辛茹苦，殚精竭虑，心志高远，坚韧不拔，从她“择邻三迁”“断机教子”等事迹已可略见一斑。她不仅用一个母亲的全副心血为孟子辟出了成就伟大事业的道路，更以一位母亲的爱与理解，成为孟子坚守自己道路的依靠、力量与后盾。孟子离齐也许是他最难决断的时候。齐国是当时的大国，最有实现自己政治理想的力量与天地，可是齐王“霸天下”的心态与孟子“仁者爱人”的仁政思想是格格不入的。道不同不相与谋，岸然的孟子是决计要离开了。但是离开了齐国也就失去了高官厚禄，母亲年事已高，还要拖家带口，真让大儒孟子踌躇而忧郁、“拥楹而叹”起来。细心的孟母探清了原委，毫不迟疑地劝儿子：“今子成人也，而我老矣。子行乎子义，吾行乎吾礼。子何忧也。”这等于说，走你的仁义之路吧，母亲赞成你、支持你、帮助你！于是，孟子不仅果断离齐，还高傲地拒绝了齐王馈赠的百镒黄金（按一镒二十两计，也有二万两）。当“富贵不能淫，贫贱不能移，威武不能屈”的“浩然之气”，因了孟子而成为世代读书人的座右铭，并业已成为中国知识分子反叛与独立的传统的时候，我们是不能忘记这位母亲的爱与理解的。正是这种爱与理解，使得这个传统虽然常常处于榛莽丛中和潜流状态，却能够血脉相传、绵延不绝。

这种来自母亲的爱与理解，其实更是一种拯救。

它拯救孟轲于顽劣的孩童之时，将他引向知识与思想之路，从而使得颓势之中的儒家学说获得了空前的丰富与拓展。

它是人类的摇篮，也是引导人性的众川回归的海洋。即使人性的堕落如高山滚石，母亲也会用她的身躯拦住它，并用爱鼓舞它、陪伴它远离深渊，重新攀登。它还是世道人心的拯救者。在野蛮与血腥的时代，在愚昧与黑暗的时代，在颓废糜烂的时代，但是只要有母亲的爱与理解在，就有新生的希望。因为她那悲悯慈爱的情怀，就是令万物复苏、万木葱茏的大地啊。

当然，这种浩无涯际的母爱，更是女性自己的拯救者。当她为世俗所诱或为生计所迫而丧失本性的时候，当她囿于环境沉湎于声色犬马而不能自拔的时候，只要她想到儿女，想到要做儿女的榜样，想到儿女绝不能过自己这样的生活，她就会立刻升腾起战胜自我的力量，从善从真从美，从而找回那美丽而灿烂的人性。

我们谁不是在母腹中孕育而成的生命？寒冷里，母亲的这种爱与理解就是一个火盆，温暖着儿女们的胸膛。火盆中燃烧的，就是母亲的骨架与血肉啊。黑暗中，是母亲为我们点亮了灯。当我们沉浸在光明的欢乐之中时，我们可不能忽略，那点燃的，正是母亲的心啊。她可以用缕缕白发织成儿女远航的征帆，她可以耗尽全部心血化作浇灌儿女成长的雨露。哪一位母亲，不是一部读不尽的关于爱的大书？在我们忘形地享受人生的欢乐，甚至忘记了母亲的存在之时，被忽略的母亲为了不打扰儿女的欢乐，会忍住厮守儿女的强烈欲望，躲开，悄悄地、孤独地生活。躲开着，孤独着，仍会给我们送来最为深长的祝福。人生毕竟是艰辛的，当我们承受苦难或厄运临头、亲朋疏远之时，不遗弃我们的最后一个人肯定是母亲。她会用为儿女操持了一辈子生计的手，抚平我们的忧伤与绝望，让我们重新获得生与前行的力量。一点一点的，母亲把她的生命之水献给我们，再献给我们的儿女。流干的时候，也就是母亲生命的尽头。即使到了生命的尽头，她也会淌下两行泪，滴成儿女生命中思念与挂牵的溪流；或微笑，笑作一朵祝福的小花，开在儿女生命的枝头。真的，母亲的哪怕一个眼神所包含的爱，就够我们受用一生了。不用去寻找两千多年前的孟母了，你的，我的，他的母亲就是孟母一样的母亲。母爱，是不求报答的，可是我们倾其一生，又怎能报答母恩的万一呢？只要我们以母亲一样的情怀去拥抱生活、拥抱世界，母亲就会舒心地笑了。

祝英台之死

梁山伯与祝英台之死，已经让世人惋惜了一个世纪又一个世纪。

应当感谢张自义、上官好岭、卞雄杰、顾承银等人，是他们于山东省济宁市境内的微山湖畔发现了梁山伯、祝英台的合葬墓及其珍贵的墓志，从而发现了真实生活中的梁祝原型，并在济宁境内访查出了他们当年生活的村庄——梁山伯为吴桥村，祝英台为九曲村（现东九村西九村），马郎为西庄村（现马坡）。尤其是上官好岭先生，在他身罹癌症，生命垂危之际，还在研究有关梁祝的资料，并将考察研究的结果托付于后人。他生前曾经对我说：主角是祝英台，一位奇女子，死得可惜。

孔子、孟子，一个活了七十三，一个活了八十四，都成了传世的圣人。与他们同乡的祝英台，一个乡间女子，最多只活了二十来岁，为什么也能“永垂不朽”、让人纪念至今呢？

在那对四季翩然的蝴蝶飞过之后，再让那曲摄人魂魄的“梁祝”小提琴协奏曲响过，然后静下心来，实实在在地瞧瞧祝英台这个女子，一个敢作敢为、开朗快乐而又感情炽烈的平民少女形象，就在微山湖畔

"活"了。她虽然与孔子、孟子是同乡，却不与他们对峙争"圣"，只管由着自己的心性，扎在人间烟火里寻找一个凡人的爱情与欢乐。

快乐，那充满青春阳光的快乐，本是她生命的主旋律。但是，她怎么说死就死了呢？不管是投坟化蝶而死，还是如这次发现的墓志所说，是在马郎迎亲之时"悲伤而死"，祝英台都是以一个跳崖者的决绝心态辞别人世的。是怎样的一种绝望，是怎样的一种悲伤，又是怎样的一种痛苦，让她戛然中止了风华正茂的生命？她本来可以用她那灿烂而又价值非凡的生命，重新开始新的生活，她更知道，死意味着永远沉入孤独而又黑暗的深渊——但她还是从容赴死。

是死而无憾让她从容赴死？大多数女性都无法获得的读书的欢乐，她勇敢地品尝到了。女扮男装，出头露面，却没有了男子读书时的功利心，她比一个男子做得还痛快淋漓。更何况如火如荼的爱情，不仅让她的欢乐漫山遍野地盛开起来，还让她那颗恋爱的心沉浸在巨大的幸福之中。收获了爱情的女子，岂能惧怕死亡！她更以死诠释着爱情的专一与忠诚。性格的吸引，情感的交融，以及吸引与交融时碰撞出的快乐与激情，都在三年的同窗、同床中将他们熔化、重铸。敏感的心合二而一的时候，也是他们因为恋爱而获得新生的时候。这让我想起明代那首著名的民歌《泥捏人》："傻俊角，我的哥！和块黄泥儿捏咱两个。捏一个儿你，捏一个儿我，捏的来一世活托，捏的来同床上歇卧。将泥人儿摔碎，着水儿重和过，再捏一个你，再捏一个我。哥哥身上也有妹妹，妹妹身上也有哥哥。"如此看来，梁山伯因为无法与爱人结合忧伤而死之时，祝英台也就死了一半了。你走了，那就等等我，让我跟定了你，咱们一起走，阴阳之界又怎能阻碍得了爱人同行的脚步？

死也是明志与抗争。且不说"媒妁之言""父母之命"的社会禁锢和亲人的催逼与误解，光是沾满了唾沫星子的闲言碎语（社会舆论），就已经在他们之间横下了再难相见的大山。墓志记载祝英台"悲伤而死"之后有这样的三句话“愁烟满室，飞鸟哀鸣，闻者惊骇”。但我还是喜欢化蝶的结局。爱人已死，逼婚又至，多情而又富有阳刚之气的祝英台，早已化悲伤为力量，不惜以命相争。她不需要向世人证明什么“清白”，而是仍然由着自己光明而又快乐的心性，扑向坟墓，也是扑向爱人的怀抱。这一扑，几乎就是一个弱女子向着强大的社会所发出的追求快乐生活与自由恋爱的宣言：就是死我也爱他！我也要他！

从此，世界上就有了一对中国特色的蝴蝶飞舞在天地间。

新嘉驿的这个夜晚

今天的山东省兖州区新驿镇新驿村，当是明朝万历年间新嘉驿的所在地了。一个连姓名也没有留下的会稽女子（今绍兴），是怎样在这里度过了 1619 年的那个夜晚？当年的新嘉驿早已没有了一点痕迹，只有这位女子曾经在这个驿站后庭墙壁上题下的诗章，连同她那谜一样的命运，还会偶尔从历史的深处悄然探手，拨动人的心弦。

不能是冬天的夜晚吧？一个南方的女子，在这冬天的北方，还是深夜，那擎灯与持笔的手是要冻僵的，何况她的心已经比隆冬还要寒冷了啊。也不会是夏夜，乘凉的人以及脚边夏虫的争鸣和池中的蛙鼓，都会打搅了这个孤独绝望的人。春之夜？可是那淋漓着血泪的诗句，没有一点大地萌动着的生的气象呀。设身遥想，当是萧索落寞的深秋了——有潇潇的秋风无情地摘下一枚又一枚的枯叶，在这深秋的夤夜里旋转着坠落；偶尔会有驿马的响鼻从槽间传出，让人想到掠过它全身的轻轻的战栗，那种在它的毛皮间如细波瞬间泛起又瞬间平复的战栗；随风低昂的秋草，隐隐地发出瑟瑟的哀伤。一名在这个冷酷的世界里再也寻不到半点温暖的年轻女子，被黢黑的夜包围着，彻骨的痛楚已经爬满灵魂的每一个角落。从大门踅回二门再踅向后庭，长长地徘徊又怎能稍稍缓解这无所不在的压迫与黑暗？

只有泪水不断线地流淌。

遍身的青紫还在鲜着，心上的伤痕早已是新旧迭摞了。没有爱情，没有自由，没有了生之乐趣，只余没有尽头的压迫、奴役与凌辱。她是多么向往那个有着“林下风致”的唐朝的乐伎薛涛，终能在晚年隐居于自己的吟诗楼上，让诗情自由地驰骋。她或许更加羡慕自己的同乡、那个虽然在凄惨中郁郁辞世，却能在生前与自己所爱的陆游有过一段夫妻生活的唐琬。

明天，又要踏上更加往北的旅程。家是越来越远了。更远的是一去不回的青春与梦。作为这样一个粗俗而与之隔膜深厚的北方将军的妾，其奴婢一样的命运几乎是无法改变的了。从梦被彻底碾碎的那刻起，死的念头早就在心头盘旋。大肚子的将军与他的妻妾仆役们熟睡着，驿官驿卒和二十四名驿站的马夫熟睡着，连那六十匹驿马也在静静地休息。只有这个泪流满面的会稽女子久久地踯躅在深夜里。一个那样诱人的念头纠缠着她：今夜，就去死吧！她渴望着死能够让她获得一次解脱与自由。任凭泪水静静地流淌。多好啊，这个终于能够自己独自痛哭自己的夜晚。

在这个秋风砭骨的晚上，她一定是记起了会稽的沈园，记起了沈园的那面园壁和壁上陆游为唐琬题下的《钗头凤》。擎过了灯台，再点上蜡烛，这驿站后院的驿壁就赫然现于面前了。上下左右，一遍遍地抚摸着这面生疏而又熟悉的墙壁，仿佛在一点点展开着自己短暂却又漫长的生命。将被秋风缭乱的青丝抿在耳后，趁着残夜，拿起笔，让墨汁和着泪水一起倾泻吧——

题新嘉驿壁

余生长会稽，幼攻书史；年方及笄，适于燕客。嗟林下之风致，事负腹之将军。加以河东狮子，日吼数声，今早薄言往诉，逢彼之怒，鞭箠乱下，辱等奴婢。余气溢填胸，几不能起。嗟乎！余笼中人耳，死何足惜！但恐委身草莽，湮没无闻；是以忍死须臾，候同类睡熟，窃至后庭，以泪和墨，题三诗于壁上，并叙出处，庶知音读之，悲予生之不辰，则予死且不朽：

银红衫子半蒙尘，一盏孤灯伴此身。恰似梨花经雨后，可怜零落四时春。终日如同虎豹游，含情默坐恨悠悠。老天生妾非无意，留与后人作话头。万种忧愁诉与谁，对人强笑背人悲。此时莫把寻常看，一句诗成千泪垂。

在这样漫长的毫无人性的中国专制社会中，题诗壁曾经是精神备受压抑的文人士子和身心备受折磨的底层女子，能够稍稍抒发胸臆的一个窗口。寺壁，石壁，殿壁，楼壁……特别是邮亭壁和驿壁，这始于两汉、盛于唐的题诗壁，犹如一扇扇肺叶，让他们获得短暂的不戴镣铐的呼吸。

有着报纸电视和电脑的现代人，也许不再需要这样的题诗壁。可是当我们真正检验自己的心灵，发现它在新的奴役之下畸形异化而病变之时，我们不是会对这久已失传的题诗壁向而往之吗？倒塌也好，漫漶也好，有着斑斑血泪的诗壁是会不朽的，因为那是对于这个不合理社会的永远的拷问，是对于那些被残暴虐待过的生命的同情与痛惜，更何况这种拷问与痛惜还会无数次地在现实的土壤里找到生长的根据。

那么，因了这个无名女子，1619年新嘉驿的这个夜晚，就有了非同寻常的意义。

《宋书》中说到会稽一带人的品性时有过这样的话，“民性敏柔而慧”。这个敏柔而慧的女子，怎能不更真更深地感受着每一日每一刻的煎熬？

驿站鼓楼上打更的梆子已经敲过四道了吧？天越加黑了，这是天亮前的黑暗。她是多么地害怕天亮，因为天亮就意味着又一个暗无天日的一天的开始。死是必然的，即或不在这个夜晚，也会在另一个夜晚或白天自投死途，因为伤痕累然的心上再也无法承担生之重迫了。只是在 1619 年新嘉驿的这个晚上，这个囚于笼中的女子是无法知道整个大明王朝已经处于风雨飘摇之中了。1619 年，总督熊廷弼亲眼看到辽阳的士兵在大冬天里连件内衣也没有，只能裸体穿甲。还是这一年，崇祯皇帝的十万大军在东北被努尔哈赤大败。这一切，都因为这个专制霸道的政权已经腐败透顶，水深火热之中的百姓就要揭竿而起了。这个会稽女子更不会想到，二十五年之后，连大明皇帝都要自缢而死，被愚被迫随他而死的还有二百个宫女。

读着《新嘉驿题壁诗》，谁还能够无动于衷？多少人会在不眠的夜里想着，这样一个年轻美丽的生命在那个秋夜里到底有着怎样的遭遇？一个敏柔而慧且对生活与外界怀着良好愿望与纯正善意的人，为什么偏偏要承受深重的苦难与赴死的绝望？袁中道，钱谦益，冯梦龙，高承埏，施闰章……都向她献上由衷的唱和。在清初著名诗人施闰章的《蠖斋诗话》中，有《新嘉驿女子诗》一条，记下了他的采访与凭吊："驿在滋阳县北四十里。池台古柏，剧有幽致。驿后土壁，故会稽女子题诗处。诗传于世，而驿壁字无存者。余至询之，有老驿卒秦登科，年七十矣，能诵其诗。言：某将军挈过此，不知其姓名，仆妾甚盛。既早发，失一烛檠，寻觅得之壁间石碣上，始见是诗，盖女子秉烛夜题者也。世传死驿中，当时实未死，或永夜沉吟，含泣达旦耳，然岂能久人间哉？事在万历四十七年。又四十年，予为刻之于石……"今人樊英民先生在他的《兖州史话》中，曾经有些怅惘地写道，"会稽女子题壁诗的刻石，在二十世纪五十年代时还有人见过，是在新驿村文化站内，那里或许是驿站的旧址。后来这石头曾被一个铁匠用来放东西，再后来就不知所在了"。

柔软的心灵是需要相互呵护的。呵护如同耕耘，才不会使心田在无助里板结。而且只有心灵柔软的人，才能够造出真正上等的精神产品来。“里中有啼儿，声声呼阿母。母死血濡衣，犹衔怀中乳”（《上留田行》），没有柔软的心灵，施闰章怎能写出这样反映战乱中百姓疾苦的诗？这样看来，汲汲于官场、商场、名利场中的一些当代中国文人，不妨读读明末这位会稽女子的《新嘉驿题壁诗》。

我的三位母亲

1. 母亲

母亲死于饥饿的年代，那时节她的五个儿女都还小，小鸟儿一样嗷嗷待哺。

年龄太小，加之年代久远，母亲的模样早已模糊不清。但是只有一个场景总像刚刚发生在眼前一样：左手将簸箕揽在腰际，右手抓起一把像皮肤一样颜色的麦粒，再让其从手中淌下，一把，一把。深秋的朝暾映在她已见浮肿的脸庞上，显出少有的兴奋，也感染得我们已经饿倒在床的姐弟们，霎时有了欢叫的力气。整个夜晚，她深深探进生产队的麦秸垛里，从已经打过场的麦秸里，沙出了三四斤麦余子。搓下麦粒，簸去糠皮，掺上仅剩的斤把地瓜干，磨成面，再剁进些地瓜叶和扫帚菜，蒸了一锅窝窝。公正地每人两个，余下的一个母亲说留给才一岁多的最小的弟弟。这是活命的窝窝。我们五个挣扎出了死地，只有母亲没能熬过这空前的饥馑，倒下，死去。死前，她还努力地折起身子，指着悬在梁上的篮子，里面是她没舍得吃下一口的两个窝窝。

不惑过了，又已近耳顺之年，窝窝，特别是杂面窝窝，还是我爱食爱品的主食。活命，也带给我永不涸竭的温暖。当然还有追问。如天如地的母亲走了，走了就再也无法回来。母亲的走所留在我们心上的怅惘，将伴随终生。

2. 母亲

我的第二位母亲是继母。

在县水利局负责技术的父亲，不得已为我们带来了继母。她与去世的母亲性格截然不同，与我们更是格格不入。她的到来，使得我们姐弟更加地思念已逝的母亲，抱成了团，暗暗地对抗她。

穷家，一窝子不听话的孩子，她也孤单与苦恼吧？

困顿，却又遭逢运动的风暴，成分不好、父亲又被批斗着的家真是雪上加霜了。一再地忍让，还是不能免除屡受欺负的处境，不仅我的上学与大哥的验兵都受到了阻挠，就连我们下地割草拾柴火，也会遭到白眼、训斥，甚至打骂。父亲被纠缠在县上，继母当然承受着比我们更大的压力。可是她更勤勉地收拾着家，常常会熬夜也要把我们破了的衣服与鞋子补缀整齐。

那是一个冬日的傍晚，瘦弱的四弟回到家来，被人戏弄得一把鼻涕一把泪。这时，隐忍已久的继母，霍地站起身，用她皴得净是口子的手掌，抹去四弟脸上的鼻涕与泪，只身站到院子的大门口，亮开嗓子向全村说话了。她说起李家老辈的宽厚，说起李家当下的难，也说起乡亲们的好和一辈辈相处在一起的不容易。她当然也以更高更亮的嗓门，说起我们一家受到的欺负与不公平的待遇。我记得最清楚的是这样的一段话：

我的孩子都是懂事听话的好孩子，谁再敢打骂和欺侮俺的孩子，我就奉陪到底！告诉你们吧，我也会骂，不吃不喝连骂三天也不带重样的！想不到继母这样大胆，想不到她的声音这样高亢嘹亮。我们都放下碗筷，悄悄地来到她的身边，依偎着她，早忘了呜咽锋利的北风。虽然全村静静的，只是偶尔有一声两声的鸡鸣狗吠，可是我们心里知道，全村的老少爷们都在听继母说话。

也不知从什么时候起，我们都自然而然地喊起了“娘”，像母亲在世时一样地喊着“娘”。如今娘也老了，当然也有着自己亲生的儿子与女儿。可是她在向别人说起已经五十多岁的我时，还是不改几十年一贯制的称呼：“俺小三……”

3. 还是母亲

随着妻子的进门，在我的生命里，便有了第三位母亲：岳母。

在我的心理上，岳母似乎是天下最亲的亲人的称谓。为什么？我也说不清，只是记着岳母点点滴滴的一些琐事——

八十八岁那年，大病过一场的岳母还没有完全恢复。住在小女儿家的岳母，只能从二楼的窗户上看看外面的世界。那是一个中午，她从窗户里看见一个民工样的人，放下自行车拔腿就走。岳母赶紧推开窗户喊：“您哥，车子没锁！”民工急急地走了，岳母可就不得消停，再也不敢离开窗户。她怕别人偷走了这辆自行车，她知道民工挣个钱多不易，她说民工没有了自行车晚上怎样回到乡下的家？回不了家，他的妻小该会怎样焦急？守着，果然有个小青年东瞄西望后，推起自行车就想走，是岳母制止了他：“你不能推，这是俺的！”直到傍黑，那个民工才回来，累了的母亲攒足了劲努力地大声交代他：“您哥，以后可得当心了！”民工仰起脸朝着母亲感激地说："大娘，亏来你帮俺看着，要不，离家二三十里地可够我走的了。"看着民工推走车子，母亲这才离开窗户。

岳母的心，对弱者最软。就是对于动物，她也有着无边的怜惜。记得是一年的冬天，一只瘸腿的狗无家可归地卧在岳母的门前，被孩子们围起戏弄着。已是七十多岁的岳母，分开人群，将瘸着的狗抱回家里，边走边嚷孩子们："瞧这狗，冻得浑身打栗栗，你们还欺负它！"见瘸狗还病着，吃不下东西，岳母心疼得不行，就把馍馍细细地嚼烂了，连同自己的唾液，一口一口地喂它，直到它焕发出生命的意趣。后来这只瘸狗，就一步不离地跟着岳母，尤其是它静静地卧在岳母的脚下，仰望母亲的眼神，真叫动人。波光晃动，涵蕴着温顺、亲爱，还有点小儿女般的撒娇。

想想，这个世上，岳母是我最知冷知热的母亲了。还记得在她九十岁高龄的时候，竟然爬上了我的五楼，来为我们一家送行。外孙女苇杭、妻子和我，就要一起去女儿留学的美利坚合众国。母亲知道我们太忙，知道我们就要坐十六七个小时的飞机，怕我们走前再去看她太累，没吱一声，从县城赶来。腿腰有着毛病的母亲，早已不能攀爬楼梯了。可她手里提着一个马扎（累了就坐下歇歇），让司机扶着，拽着楼梯扶手，歇了六歇，还是来到了我们的家。我们都惊呆了。泪水一下子就哽住了我的喉咙。扶着母亲坐在沙发上，仰望着母亲衰老的面庞（像那只瘸狗一样地仰望着），好久才能够一声声地清晰地唤着：娘！娘！您怎么来了？！累得直喘粗气的母亲，怎么也说不出话来，只是将两岁半的重外孙女揽在怀里，一下一下地捋着她的头发，眼里流露着十分的不舍。望着母亲衰颓不堪的面容，我一下子就想起李密《陈情表》中"日薄西山，气息奄奄，人命危浅，朝不虑夕"的句子，泪水再次夺眶而出。

如今，已经九十五岁的母亲，还是头脑清晰，以她昏花迷离的目光，暖暖地看着这个太多苦难、太多悲凉的人间。

走过了漫漫的人生长途，其间性灵的荼毒、世态的炎凉，真是一言难尽。但是三个不识字的母亲，却都如太阳一样地照耀着我、温暖着我，也教育着我、指引着我。黑云压城，风雨如磐，又能怎样，我有着母亲的太阳。

第二辑　草木情深

枣庄青檀

如果可以以树为友的话，那我选择枣庄青檀。

戊寅孟夏，在枣庄市峄城西四公里处的青檀山上，我和青檀一见如故。山阳揽一脉幽谷，有石径相盘。循径登高，便见大大小小、姿态各异的青檀树，或前或后，或左或右，杂生于山石间。

青檀山，唐代时还叫云峰山，山有云峰寺，谷称云峰谷。许是辈辈百姓见江山嬗变，世事沧桑，只有青檀模样不变、习性不改，才约定俗成，易名为青檀山的吧。于是谷也呼为青檀谷，寺也喊成青檀寺了。

山，以树为名，这在世上是少见的。

不过枣庄青檀长得并不排场，或许还有点儿丑。不高大，不挺拔，不舒展，连枝干都是疙疙瘩瘩。丑也罢了，还不大中用，不要说做大厦栋梁，就是做桌椅板凳也难成材料。

尽管如此，它还是一下子就吸引了我，禁不住让它的枝握我的手，让它的叶抚我的脸，让它的疙瘩敲我的骨。离开一些日子了，我还在想它，想得活灵活现，那枝还在握我的手，那叶还在抚我的脸，那疙瘩还在敲着我的骨。而且我还将永远清晰地记住，最让我动心的，是它的根！

这是怎样的根啊——在无土的地方，在岩石密不透风的专制之中，它那比树干还要粗壮的根，蜿蜒不屈，勃郁而伸，臂膀般紧贴着岩石，镇静地泛着岩石一般的青白色，裸露于光天化日之下。在大山的深处，根与石，该有着怎样不为人知但却惊心动魄的对峙与相搏？百年，千年，只见裸露于光天化日之下的根与石，不动声色的相摽着。相摽着，渴饮昼夜，饥餐寒暑，直摽得岩石苍老变脆，一层层风化成粉尘，直摽得青檀根干强健，一棵棵举着青春的华盖。或在峭壁间横空临世，或于巨石下腾躯昂首，青檀之根，真有着龙的神韵呢！看似强大的岩石，肯定蛮横地无视过它，对于青檀生的权力和生命的萌动，冷酷地压制着，无情地封杀着。没有土壤，甚至连空气、阳光都封锁殆尽，青檀的根一定遭遇过千万次窒息枯死的灾难吧！也许青檀树稍稍随和一点儿，别说媚骨，哪怕只带点儿媚态，其生活境遇也会大大改观。何必和岩石较劲？瞧那攀附于岩石与大树上的藤蔓，活得多恣。不过这山如果没有了青檀，还有什么味道？当然，挣脱了石之束缚的青檀是寂寞的，遭弃的命运又总是和痛苦相伴，但是青檀就是青檀，它只将痛苦酿成反叛的力量、将灾难踏成前行的路阶，以根为矛、为刀、为剑、为鞭，拱起岩石，劈开岩石，顶裂岩石，刺穿岩石，直至沐浴在雨水与阳光里，为世上树立起一株又一株独立的青檀、自由的青檀。长得丑，不成材料，不被识、不被知是自然的，可是挨近它，我却被一种自在超然所陶醉。随波逐流的灵魂，是不能俯察古今、咀嚼人世、享受生命的。有它百年千年和岩石相搏后所获得的解放，那曲折疙瘩的根干里，怎能不翻卷起黄河一般的思想与激情呢？细细地谛听风中的青檀，它的每一片叶子，似乎都在啁啾着欢乐。

听说，青檀树还出一种制造中国宣纸必备的原料，莫非它那疙疙瘩瘩的体内，正郁积着锦绣文章？记得离开青檀山老远了，我还回头再回头，看一眼再看一眼啁啾着欢乐的青檀。就是青檀生长的这块土地，曾经出过自荐于世的毛遂和视毛遂为上客的平原君，出过连鸡鸣狗盗之徒也被列为宾客的孟尝君，出过帮助汉高祖制定出完整的朝仪、令对知识分子轻蔑有加的刘邦高兴得忘形高呼“吾乃今日方知皇帝之贵也”、从而得到重用的叔孙通，出过明朝名臣廉臣贾三近（“文革”时，其筑于枣庄峄城区杨庄的墓被掘，墓中除骨骸外，仅有一方砚）。这些当然都是这块土地上的先贤了。那么青檀呢？已经寂寞了无数个世纪的青檀，也许还要寂寞下去，因为青檀是属于另外一类，中国稀有的一类。它已经超出了传统观念的真假善恶美丑，甚至还超出了传统的出世入世，没有功利，绝不依附，只将一个欢乐的锦绣的生命生长着。

青檀山下的老百姓讲，青檀木特别硬，连锯都锯不动它。看来，比石还硬的青檀是不会腐朽的了。但愿青檀们兴旺起来，那样世界就热闹有趣了。

冬　荷

冰掐灭了一湖的波浪。又冰上加雪。荷的尸骨就这样狼藉在冰雪的湖面上，肢折头断，东倒西歪，稀稀落落。

苍凉。落寞。好像这里从来就没有过挤挤挨挨、涨潮似的荷叶，没有过大火一样燃了一湖的荷花，也没来过那只在尖角小荷上立了近千年的蜻蜓。

湖，真的死去了吗？

但是，有一丝荷的清香，悄然潜入心肺，连强大呛人的寒气也无法将其阻断。

在这冰雪的湖上，我与冬荷相识。

红红的朝阳，在远处怯怯地开着。薄薄的雾气正在散去，远远近近的残荷便从朦胧里渐渐清晰起来。直的、弯的、拱的、垂的，是荷柄的舞蹈；灰的、黄的、黑的、褐的，是荷叶、莲蓬的存在。“出淤泥而不染，濯清涟而不妖”，宋之周敦颐曾将夏荷喻为“花之君子者也”。其实，冬荷不是更具有君子的风骨吗？

风寒榨尽了水分算得了什么？失去了丰腴，那就裸露出庄严的筋脉迎接风雪。曾经硕大舒展的碧叶，有时会干缩成一排排瓦垄状，甚至在垄沿处散布起或大或小、有着黑色边缘的窟窿。这是被风霜雨雪反复肆虐后留下的创伤吧！乍看这带着黑色边缘的窟窿，好像这荷已经脆得很，一碰就会碎的。其实不，在这褶皱间的灰色质地里，往往还残留着浅浅的绿，抚摸它，抓它，你会立刻感到一种柔韧劲道的生命的力量。天要起风雪，水要结成冰，这是无法回避的现实。躲避肯定是不行，逆来顺受恐怕也不行，最好的办法也许就是迎上前去。不要以为荷在冬日里零落。不是的。它是迎上前去的勇士，前仆后继时坚守阵地的勇士。

有一枚荷叶曾是那样深深地吸引了我。寒风里，它反扣在一杆斜立于冰雪之中的荷柄旁，仿佛一位持枪披甲的英雄。它那依然硕大的叶片起伏着，犹如奔腾向前的波涛。而隆起的筋脉，在太阳下骨骼一样地凸显着，更让这波涛有了山峦连绵的质感。这如波涛山峦般起伏不息的，不就是勇士容山纳川、吞吐日月的胸膛吗？瞧着它那根植于博大之上的自信与恢宏，我隐隐感到，也许那一湖的浪漫，一湖的自由，一湖的豪情与刚烈，正被这枚荷叶收藏着！

还有给我以强烈震撼的那枝冰中的莲蓬。莲柄早已没入冰雪中，莲头却执拗地伸出冰面，面朝着空旷的天空，十七个空了的莲房犹如十七个森然的弹洞。真是触目惊心。望着这十七个无言的黑洞，我依稀听到了呐喊与控诉。它一定有过孕子的艰难与幸福，那十七粒饱满圆润的莲子，肯定蕴含着新鲜而又芬芳的思想。不然，枯燥狰狞的严冬不会向它施以能够致以死命的寒冷。但是寒冷又能怎样？饱满的莲子早已植入湖底的泥中。没有了莲子的莲蓬，仍然勇敢而坚定地面向有着太阳、月亮与星星的明亮的天空，大睁着追求与探寻的眼睛，并让自己那十七个曾经孕育过十七粒莲子的莲房，冲破覆盖的冰雪，成为湖的自由呼吸的通道。

太阳升起来了。冬日的湖上，荷的故事没有尽头。

冬的湖上，最热的当是荷了。冰压不住它，雪也盖不住它。它总是融化了冰雪，让热的生命在这冰雪的湖面上醒目着。放眼望去，白茫茫的世界里，总有那曾经外直中空的荷柄，或挺着，或曲着，或拧着，或举着，从冰下牵紧了纹理毕现的荷叶和莲子散尽的莲蓬。融去了身上冰雪的荷，黑着或灰着，却崭新着。夏日的荷是从水中生的，“出淤泥而不染”；冬日的荷是从冰雪中生的，历垢世而弥新弥净。更有爱的宣言写在冰雪之上——干枯了也要拥抱着，共同迎受着寒风，等待冰消雪融的日子；既然灾难不可避免，那就相挨相慰着一起冻结于冰雪之上，携手承受苦难。谁能说与所爱者携手承受苦难，不是一种巨大的享受与幸福呢？

热的荷，当是伟大的洁净与爱的楷模了。

最富有柔情的也就最为刚强最具力量，在这白色笼罩的湖面上，只有爱的荷在与冰雪较量。冻结与反抗，最为惊心动魄的搏斗，一定是发生在夜里。北风凄厉地嘶鸣着、撕扯着，雪的鞭子狠狠地抽打着，这时冰便阴险地一寸一寸地靠拢来。但是荷在，冰就无法完成它窒息一切的一统天下。到底有过怎样惨烈的搏杀，我们已经无从知晓。

午时的太阳下，荷的凛然与愤怒却历历在目。铜铸铁打般的荷柄——有的举着叶或蓬，那是荷的解放的旗帜；有的头已半冻在冰中，却还将身子拱作劲弓，要将一统的冰盖掀翻，那满布的细钉头样的刺疙瘩，似乎正隐隐漏出咯咯吱吱的响声。即使光剩下了头颅，也要与冰撕咬在一处，如眉间尺咬紧了楚王的头（鲁迅《铸剑》）。这“头颅”的四周，总是有着深刻的冰的旋涡，就记录着荷的不屈与抗争，也记录下冰的胆怯与陷落。这是怎样的头颅啊，沐浴在冬日的阳光里，于冰雪上昂着，金灿灿的，金字塔般的从容，富士山样的美丽。

冬荷知道，冰下还有藕，布满湖底。每一节藕上，都栖着自己生生不息的梦。梦在，来年的夏天，还能不让荷在每一朵浪花上自由地飞翔吗？

那是月华做成的荷瓣，水精做成的荷叶，渔歌做成的蜻蜓呀！整个夏天的热烈，都在这里轰轰烈烈地演绎着。

一种水样的感觉正在冬荷的筋脉里汩汩地流动。饱满、自在、清新、高洁，它甚至看见了一只翠绿的青蛙，正如意地蹲在肥嫩的荷叶上，一滴被鱼尾溅上的水珠，正在蛙的脚下滚动，而滚动的水珠上，有七彩阳光在闪烁。它还看见了花瓣纷披的粉荷，嫩黄泛绿的花托周围，是黄黄的蕊毛，花托上微突着幼小的莲子，泪泡一样的娇嫩着。美好，就是这样的吧！还有夏荷的清香，夏荷的明朗，夏荷风中快乐的呻吟和夏荷染红了白云的欢笑，都在抚弄着冬荷梦的琴弦。

风刮着，冰封着，雪覆着。夕阳正泛着荷蕊般的嫩黄。夕阳里，醒着的冬荷，梦正酣。

曲阜古柏

从青藏高原转业到孔孟之乡已有十一个年头。虽然十一年里，和这里的一草一木耳鬓厮磨，可谓熟透了一般，但有一样东西却让我每次见到都新鲜得眼睛发亮，惊奇得心胸起伏。我甚至确信：就是我守它到生命的终结，它也会始终让我触目惊心的。

它便是曲阜的古柏。

曲阜，作为孔子的家乡和当年鲁国的国都，早在汉代就已是拥有 26 万人口的政治、文化、经济中心。因有孔子这位封建社会“永恒的圣人”的缘故，这里古建筑的命运，少受朝代更替的影响。孔庙、孔林、孔府、鲁国故城、少昊陵……111 个文物保护单位拥挤在这块不大的地方。作为与北京故宫、承德避暑山庄并称中国三大古建筑群的曲阜孔庙，以其庞大恢宏、时间久远和保持完整的特性，被建筑学专家称为世界建筑史上“唯一的孤例”。世界都在仰慕这位“东方圣人”，这些古建筑便也在这种仰慕中，每年受到数百万双眼睛的“青睐”。

我不知道这些眼睛，是否注意到这些古建筑身旁更具生命力的一群，那一万七千多棵古树？“先师手植桧”，“子贡手植楷”，唐代的槐树，宋代的银杏，还有柞、朴、枫、檀、女贞、五味、樱花等，在热闹处自为自乐成勃郁清幽的风景。在这些古树的世界里，最最摄人心魂的，还是占曲阜古树多数的柏树。

初识曲阜古柏，还是在1967年的深秋。心中澎湃着“革命”激情的我，连初三的课程也没学，就以一个红卫兵的身份，背着一床粗布被子，穿着一条去掉了棉絮的夹裤，开始了从金乡县到北京的徒步串连。走到曲阜已是第三天，孔庙门前那块国务院立的全国文物保护单位的标碑已经被砸烂。当我们踏进孔庙再一遍“打倒封建地主阶级的孝子贤孙孔老二”后，我却被肃立在荒草中、劲拔壮硕的一群古柏震住了，不由得凑近一棵，小心轻抚着粗糙的树身，仰望着空中它那如云的冠盖、如龙的枝丫。不知怎的，沸腾的情绪骤然平复，浮躁的心里一片静谧，一个声音悄悄地落在这静谧的心上，犹如细柔的晨风吻过平静的湖面：“回家吧，孩子。”我突然感到秋风砭肤，被膝盖捣成弓形、裤管吊在腿肚下的夹裤也确乎无法支持我“长征”到北京。

我果真回家了，临出门又回头看了一眼孔庙内那片古柏。

再见到它们，已是十七年后。国务院的那块标碑早已重新立起，庙宇殿堂也已修葺一新，打倒砸碎的“孔老二”又以“至圣先师”的尊严，端坐在大成殿里，只有那一棵棵古柏，还是老样子，不动声色地自为自乐成勃郁清幽的风景。

此后，我更知道了还有好多好多的古柏散居在曲阜各处：孔林前的神道两侧和孔林内，少昊陵、鲁国故城、颜庙、孟母林、孔子父母的墓地梁公林……

造访它们，是一种让人心醉的享受。我甚至想，这当是上天给人类的一种展示、一种启迪、一种警惕。人太容易急功近利了，为了一个“利”字，甚至可以将人性变得比兽性还凶残、卑下。只有那洞察心阔大的高人，才懂得“十年树木，百年树人”这个道理。其实，就是这句格言也还是有些短视的，本来应当是“百年树人，千年树木”的。这每一棵古柏，哪一棵不是经历了百代人世沧桑、世态炎凉而葆着纯贞的品质和常新的生命？

有的树干纹理如绳，从根至梢拧着劲儿长成，俨然游龙入天，蓬勃而飘逸。有的直插苍穹，耸作峭崖，骨挺魂伟；有的身空肢损，却能凭树皮一点血脉，挣扎出半树翠绿；有的树干已枯，竟让一枝新碧从枯干上横空出世，好似一个母亲，牺牲了也要举起自己心爱的儿子。

梁公林神道古侧柏，在农业学大寨中被全部砍去，虽然如今地上已没有了丁点踪影，青年人也不知道这儿曾经有过一片郁郁葱葱的生命，但据农人讲，至今那地下的根还鲜灵灵地活着。特别是颜庙仰圣门内的那棵唐柏，也不知死于何时，遒劲光秃的主干却栉风沐雨，一代又一代地立于天地间，两根干枝也如翅膀般执拗地伸展着。我敲敲它，发出脆而闷的青铜的声响，没有半点枯朽。它是那样深地打动了我。真是相见恨晚，和它作着倾心的交流，并让诗句涌出心底：“失恋的柏／枯了／立成生命的华表／向天地／展示痛苦的美丽／枯了也站着／将古今／简洁成一句哲理／爱／不死／等那圆圆的月照过／等那透心的雨淋过／枯柏／又会抽绿。”

是的，每一棵古柏都有一个不同凡俗的仪态，每一棵古柏都是一座生命的华表，每一棵古柏都是一部自由的史诗。

但是，最让我惊心动魄的，还是尼山的古柏。九四年的深秋，我拜谒了它。

位于曲阜东南三十公里处的尼山，是孔子的降生地，原名尼丘山，因孔子名“丘”，为避圣讳易名尼山。尼山孔庙和尼山书院就掩映在千余棵清秀笔挺的古柏间。

这种柏树，在世界上也许是绝无仅有的：从根至梢，不生一个树枝，扁扁的、香香的柏叶，从根长到顶，七八米至十几米不等，棵棵都是墨绿的一个独杆，一如一杆杆如椽之笔。形状像笔，又是中国文宗孔子的诞生地，人们便将这种柏树呼为“文柏”。

“文柏”这名叫得真好。质香躯挺，得天地之精魂；淡雅清苦，没半点奴颜媚骨。非是这样的文腹，便酿不出《论语》；非是这样的椽笔，便写不出《桃花扇》。当年因其生下丑陋而被其父叔梁纥弃于山下的孔子，也许就在那只雌虎将他衔于洞内喂养的时候，一种野性与无边的爱便在这个圣人心里生根了。只不过这种野性，后来让一代代皇帝给磨光罢了。那位为来曲阜的康熙当导游、讲《大学》而被“不拘定例，额外议用”为国子监博士的孔尚任，不就是因为身上保留了这样一种野性而被罢官但却写出千古名剧《桃花扇》的吗？

我本来认为这是一种天生的文柏，一种带点钟天地之神秀的灵柏，想不到我错了。从尼山农民处，我得知，这柏也是和其他柏一样的柏，原本也是有枝有杈、树冠如云的，只是经历了一个特殊的时代后，才变成这般模样的。

那是在1959—1961年的困难时期，无吃粮无烧柴的村民在万般无奈的情况下，开始一点一点地砍尼山柏树的枝子。他们十分爱惜这些和他们的祖祖辈辈相依相亲的柏树，他们不忍动柏树的一枝一叶。但是毕竟地上能烧的都取净了，为了生存，他们不得不在树上取柴。每一个枝子都砍去了，只留下了主干，村民再也不忍动它。

柏树留下了。柏树没有死。不死的柏树却已无法长出胳膊腿，就像截肢的人无法再生肢体一样。不能再生肢体，那就让生命抱紧光秃秃的主干，再创造一个绝无仅有的、一个让主干长满茂密叶子的奇迹。一千余棵，棵棵都是这样于困境中喷薄出辉煌的生命来；一千余棵，棵棵又都向世人展示着各自卓尔不群的风采。望着它们，我想起湘水岸上泣血成骚的屈原，想起身受腐刑、汗“发背沾衣”而写《史记》的司马迁，想起腹背受敌暗自舔净伤口上的血迹再行战斗的鲁迅。

这些树已经走过了漫长的往日，也许还要走更加漫长的来日。即使是来日方长，它们也不苟活一天，不让苦难扭曲自己的生命，不让世俗玷污自己的灵魂，而是让美丽与高尚、自由与热爱贯穿生命的始终。

深秋的尼山，静谧而荒凉。当暮霭潜侵，周遭渐入朦胧的时候，这些原是伟丈夫似的古柏，幻化作一群美妙绝伦的倜傥女郎，袍飘袖舒，舞姿奔放，整个尼山便成为生命无拘无束飞翔的极乐世界。在这里，在这时，永恒便是一瞬，一瞬也成永恒。

当舞动的柏林，衔起一轮古老而又新鲜的明月的时候，五溪正在尼山脚下汇流。柏林间的观川亭里，不老的孔子还在吟咏："逝者如斯夫，不舍昼夜……"

白桦如梦

是在梦中，那株白桦便音乐一般弥漫了我的心田。

不是俄罗斯的白桦，也不是我国大兴安岭的白桦，它生长在美国明尼苏达州一个湖边的松林前。高高挑挑地，独自玉立于林前的草地上，寂静的氛围让其越发显得淑秀清雅。那是个阳光已从银白变得金黄再染上嫣红的傍晚，本来想转身回家的时候，它就在远处默然地张望着，在黛色的松林与嫩绿的草地间挺立着白皙秀丽的身段。

忍不住，向它走去。

娇脆的鸟鸣，使得林中的小路呈着异样的安谧，左手边平坦开阔的湖水被微风揉出细碎的波纹，一块两块的白云，自恋地从净蓝的天宇上望着湖中自己的身影。那株白桦，就在我前面一点一点地清晰着，好似一个已经相知了一生一世的恋人，款款地向我走来。

不曾想美国的这里那里，会有白白净净的白桦生长着，或三五株散布在葱翠的草坪间，或聚集成林醒目在山坡上。但是如此俊秀清逸的白桦，且又孤零零、喜盈盈地独处在天地间，让我意外的同时也有着深切地动心。阳光，似乎不是在淋浴它，而是它的身心自然映照出的光彩。它绝不招摇，不在乎淹没在时空的深处，可是邃远的松树林，藏在树林中的草坪，波光粼粼的湖，却都成了衬托、凸显它的秀美的背景。

越是心里急切着想尽快地接近它，脚步却放得越来越轻、越缓，生怕惊扰了它与生俱来的宁静与自由。我甚至在它的不远处停了下来，定定地看着它，心想，不会是一种错觉或者一个梦境吧？

它真是就在眼前了。夕照如纱，笼着它洁净修长、泛着明净如月光一样的身体，犹如一首如梦如幻的诗篇。伸手抚摸它如雪的肌肤，没有一丝丝灰尘，脂滑里似乎还有着些许的体温。向着它伸向晴空的身子望去，一只一只的眼睛，正荡漾着太阳与湖水的波光，含着灿然的笑意。忘了是在俄罗斯的哪一部作品中，曾经说到过桦树皮是可以当作纸来抒写情书的。轻轻地揭起一点那又白又薄的一层表皮，就露出有着浅浅的肉红色的一层。当是可以揭起七八层的吧？而且随着层数的递进，其颜色也就越发深重，直至现出殷红。我将热热的腮，稍稍地贴在沁着阴凉的桦树上，它那生命的律动，就如湖水波纹一样在我心上一层又一层地绽开来、绽开来。在这样陌生的国度里，这株白桦却像前世约定好了一样在这里等着我，任日出日落。在大自然无休无止的时空里，正有着多不胜数的、超越无数界限的创造与生长、相遇与相知。

离开它已经很久了，甚至以为早已将其遗忘。可它竟然还是越过太平洋，也越过繁杂的俗务，明明亮亮、清清爽爽地来到我的梦中，问我，生活得还好吗？

孔林二月兰

兰花，多有贵族。二月兰，却是世界上两万多种兰花里的平民。平民，当然易被忽视，常遭践踏，只是愈抑愈扬，再大的强力也按捺不住，蓬勃的生命就在千百年里生生不息着。

如北大燕园中曾经伴着季羡林度过风雨的二月兰，南京理工大学冷杉园里常与市民耳鬓厮磨的二月兰，都是那样的气象独具，名传于世。可是，最能动我心魄又让我惊诧不已继而深爱不止的，还是山东曲阜孔林的二月兰。

清明前后，当你在夹道而列的千年桧柏里，走过一千多米长的林前神道，再穿过高大的红墙与森严的古侧柏相夹的长长的甬道；当你终于停在孔林门下，仰面注视着林门上古韵滞重的“至圣林”三个篆体大字，正让胸间充溢着肃穆与沧桑之感的时候——你怎么也不会想到，迈过这个短促而又高大的门洞，竟是一个如初生婴儿般清新娇嫩、又如新娘样羞怯热烈的紫蓝色的世界！二百多平方米的二月兰，正怒放着扑怀而来，让你一下子投入梦幻般的世界里，庄严的孔林陡然亲切生动。

十万多座坟茔与四千多块宋元明清以来的碑石，尽皆淹没在二月兰的花潮里。随着坟茔层叠高低，这花潮便有了起伏的动势，仅只轻风抚过，就会掀起由近及远、又从远及近的紫蓝色的波涛。涌来漫去间，博大精深、绵延了两千五百多年的孔林，便有了乘风破浪奔向未来的气象，每一座坟都成了一艘生命之舟，而那数十万棵或古或新、或翠或苍的树木，则成了扯起云帆的桅杆了。

人们也许会先入为主地直奔孔林的孔子墓园，而对这花的海洋视若无睹。但是二月兰自在地开放着，不求闻达，不谋地位，无欲无求地在天地之间释放着也享受着生命的美丽与快乐。

紫里泛着蔚蓝，蓝里透出雪白，白里又浸染着淡红，二月兰沐在春日嫩黄的阳光里，人就仿佛远离了尘世，神游于这彩色雾岚般的梦幻之中。这时，隐隐约约却早已沁入空气里与心脾间的爽冽和畅的清香，让人忍不住一次次深长地呼吸吐纳。这可是天上地下难以寻找的气息啊，草香、泥土香、树木香、去秋落入草丛中的黄叶的香，全被二月兰的清雅之气酿成了一种非凡而又家常的圣洁之香。就连鸟的啼叫与太阳金色的光羽，都熏染着二月兰的味道。真的，玉石琴键一般的各种鸟的鸣啭，那片栖息着成群鹭鸶的柏树林的嗡嗡声，为枯木再生出俊美翠冠的藤叶的细细的沙沙声，还有风过耳旁时的呼呼声，都似乎飘粘着二月兰淡淡却悠长的体香。于是，人就醉了，好像自己就是一棵浪漫而又自由的二月兰。莫非，吵嚷烦忧让人的本性异化了的现实只是一种幻觉？而我的醉与梦幻，才是真正的生命的原色？

投身在这海洋之中以兰为伍并以心相交吧。二月兰每一株单一的茎上，都诞生着长幼有序的十七八个花的兄弟姊妹——最幼的米粒大小地绿着，有白苍的绒毛隐约在初绿间；稍大一点的花蕾，刚咧开星点的唇，闪烁着粉白的笑意；将开未开的，则将四片花瓣两两相叠卷成马蹄形的筒状，露着几分调皮与待放的急切。一旦开放，就如纵情展翅，那恣意伸展的四片花瓣，会让人以为是翩然的双蝶在飞，六枚微颤的金蕊则俨然是蝴蝶的须了。时有真蝶飞临，又恍若兰的开放，竟惹得蜜蜂绕追，缠绵不去。

久久地与之相伴，便有了关于飞翔的对话，絮絮地在风中——“有根扯着，还会有关于飞的梦吗？”“连焦黄的干叶子都会像飞鸟一样盘旋飞舞，何况我们花朵？开放就是一种飞翔，只要自由的灵性在。”“这样不加收敛地盛开，难道不担心盛极必衰后的萧条与落寞？”“萧条之时，正是我们果实成熟、弹出大量的种子并撒播于地下的新的孕育之时。”我仿佛看到了还没有来到的时间：不老的二月兰，正飞进明年的春天，飞进下一个世纪，也飞进美、自由与爱的梦里。

次第的开放，前赴后继，也就能在一两个月里，不管晨昏，只见精神抖擞的二月兰，而不见它们的委顿。看看它们，想想我们，光有采摘没有绽放的生命当是多么空虚与丑陋，而没有前赴后继争相开放的花蕾的生命，又是多么的寡淡与短促。以兰为镜，经常照照自己，知美知丑、见洁见尘，真是不孬。

虽然是水到渠成，自然而然，二月兰的绽放肯定还会经过艰辛与封锁的吧？在这片坟茔累累的死寂之地，是它们万众一心，奏响着生之交响乐。人世的黑暗是会将白日弄成黑夜的，它们的每一朵花，不就是一盏照世的明灯吗？这其中的悲悯与恻隐，点点滴滴，都洒在我的心上。孔林东部的林深处，我遇到了一个高不过腿肚的小坟，坟的周遭围着七八块砖，坟前只有三四片残石。看坟的颜色，当是最近十几年里筑下的吧。这里究竟埋着怎样的一个曾经被忽略与轻视的生命？只有二月兰郑重地生长在这个小小的坟上，在风中摇曳着，向着这个或许于孤苦贫穷中告别人世的灵魂，慷慨地开放着。这时，我注意到它们下部叶子的叶基处呈现出心形，而上部叶子的叶基则抱茎呈着耳状。莫非，二月兰们真的能够倾听、感知并记忆这个世界的欢欣与悲苦？

避开络绎的游客，一个人深入在花潮中，就会常常地遇见姿势各异的残碑，或扑或立着。风雨的剥蚀只会渐变出意味深长的沧桑，只有人为的残害才会造成如此让人惊心的毁坏。那是一个开花都要犯忌的“革命”年代，在这片林地里，罪恶比荒草滋生得还快。于是这里的每一座古墓，全被扒开，每一块古碑石，全遭到索缚锤击。印在这些石头上的二月兰的影子，当年就是与石头一起遭受着蹂躏。而今，还是二月兰在护着守着伴着，风里雨里、日里夜里，抚摸着无语的残石。

其实这些石头知道，二月兰也是脆弱的、容易受到伤害。为了春日的绽放，其茎的底端几乎耗干了水分，而接近花序的上部，则又嫩又脆，饱含着血液般的汁水，一碰就断的。仔细看，青亮的叶面上，有的竟留有斑驳的湿意，那是花的泪水吗？将心比心，我们应当献出珍爱与珍惜，并让人与花的悲悯与恻隐交汇流通起来。

只是看似柔弱的二月兰，比石头更有着坚韧的力量。那是个临近黄昏的时辰，我于孔林东部的南墙下，发现了一段奇异的景象，在不到三米宽的地段上，竟然同时排列着界线分明的四个世界：又高又厚的林墙，墙下是青叶绿蕾不见一支花朵的二月兰，紧挨着便是开得如火似锦的二月兰，再往北则是一行刚刚挣脱冬之寒旱、稍稍透着疲惫的柏树。二月兰没有柏树的四季常青，却能让一个一个活泼崭新的生命组成谁也无法扑灭的浩大阵势。而林墙再高大威武，也无法挡住全部的阳光，跳出墙之阴影的二月兰当然尽着性子开放，就是处在墙的阴影之下晚开的二月兰，也是毫不退让，一直逼到墙的根部，不顾一切地生叶萌蕾。那种支支棱棱不怯不退的气度，那种迟早也要绽放的倔强，倒直白地捅开了墙之虚弱的老底。

今年大旱，冷的时间又久长，连松柏都现着些锈色。只有一株一株的二月兰，努力地生与长，在这死别之地生聚成蓬勃的紫蓝色的海洋，就连从林中穿过却早已干死了的洙水，也澎湃起紫蓝色的潮汛。洙水之阳，就是孔林核心的孔子墓了。这个生时尝尽了流亡之苦并让心里丛生着寂寞的老人，最感欣慰的，也许不是每年九月热闹非凡的官办诞庆，而是每年清明时节二月兰用盛开对他的祭祀。在弱肉强食、狼烟不熄的时代，夫子曾经以身为烛，点燃起堪称先锋的仁爱的理想大旗。孔林的二月兰开着，开成了依然堪称先锋的紫蓝色的旗帜。

孔林的冬之静雪、秋之红叶、夏之浓绿当然各有着非常的美妙，但是唯有这春天里的二月兰，已然成为一种“现象”，既能与乡亲百姓亲密无间，又可以润泽八方学人的心灵。改用唐人一句话，正可谓“生不用有名与钱，但愿一识二月兰”。

哪一天，我若真的老了，痴了呆了迂了，只要有谁向我提起孔林的二月兰，我那混浊昏花的眼里，也许又会爆起欣喜的火花。

一株小灌木与它的影子

不要说31米以上的伟乔，就是6米左右的小乔木，它也难以望其项背。它只是一株灌木，而且是身高不过半米的小灌木。不知在多长时间里，我一天到晚路过它，却看不见它，好似它根本就不存在似的。真是不能怪我，它矮小，颜色单一，形态极其普通（我都不好意思再说它陋弱）。

它静静地长在路边的野草里，并不在意无人问津。

发现它是因为一只松鼠。可能是被我无意间惊扰了，突然从粗壮的松树干上跳下，长长的尾巴与满溢着活力的身子拉成一条直线，只一纵跃，瞬间便躲到了这株小灌木的侧面，隔着乱发样的细枝，将背与尾弓成“M”状，俏皮地朝我张望着。原来，这里竟有一株灌木，它的绿叶虽然细小，却蓬松成一个球形，活泼得像个孩子。

以后，松鼠再没有在这株小灌木的身旁出现，我却总会向它投上一瞥。对于我的注意，小灌木并不太在乎，该咋样还是咋样。只是有时会对它生出些朦胧的怜悯，因为它的弱小，尤其在与它旁边高大的乔木相比较的时候。

清湛透明的空气，会让夏日的太阳显得越发毒烈。此时的松柏当然不怕，厚实苍翠的树冠竟会将毒辣的太阳挡个严严实实。想不到这株小灌木也无惧色，每一片细小的叶子，都支棱棱地昂着，没有半点倦意。这时，我会不顾灼热的阳光，止步，深深地弯下腰，细细地瞧它，一份敬重在心头升起。

也会有暴雨之前的烈风，挟着一股腥味，横扫千军的样子。发荡衫鼓的我，本能地疾步如飞往家赶，越过了它竟又禁不住返回来，站在这株小灌木的面前现出一脸的惊讶：如此烈风的威胁之下，它怎么会“无动于衷”呢？也不是纹丝不动，细小的枝叶也在风里颤悠，并于烈风的呼号里，发出着自己的“沙沙”之声。要知道，平日里伟岸的乔木，正在随风俯仰、左摇右摆呢！真是，小灌木是可以有着个体的高贵的树格的——人格的高低不也是这样吗？我还发现，它虽小，却并不弱，不依不傍，也不与谁抱团，甚而比那些貌似强大者还要坚定与独立。我这个曾经走南闯北的老兵，禁不住，在风中挺直了腰板，向着高不过膝的小灌木“欻”地敬了个军礼。

几乎没有主干，也就不成材料。不成材料，更加不被周遭关注，当然也就常常处于寂寞里。只是看它自得的样子，似乎还有些享受这样的清苦与素静。不成材料就不成材料吧，总也得生长，一样扎根于大地，一样面朝着天上。或许正因为不成材料，也就少了努力成才的羁绊，更能安然自由地生长。

本来人与木各行其道、无法相通，我也知道上面的这些想法，很可能都是我的一厢情愿。有时生活真怪，竟会有逸出常轨的事情发生，让我对这株小灌木产生了亲爱倾慕之情。

让我对这株小灌木产生亲爱倾慕之情，是在冬日一场罕见的大雪之后。

大雪被带刃长刺的朔风裹挟着从傍晚开始下起，整整一夜没有消停。辗转难眠，夜深了耳边还净是雪与风拧绞于一处的呜呜的吼鸣。不知怎么就想起了那株小灌木来，为它担心，却又深知无法改变其被暴风雪埋葬的命运。是什么时候睡着的？却又清清楚楚地被它喊醒，就看见一身阳光的小灌木，笑盈盈地叫我："起来，起来，晒晒太阳。"被喊醒了，还劝自己不要起来，是在梦里。终于睁开眼，金灿灿的阳光已经将雪的世界映照得锃明瓦亮。

没有半点迟疑，我就冲出公寓，那株小灌木非但没有被埋葬，还精神抖擞着，在纤尘不染的雪地上映出美妙得不可言说的影子，正在阳光里等我。原来，它处于一个无遮无拦的风口处，覆顶的积雪已被有着刃锋的北风吹去。

肆虐的风雪，怎样折磨过它？无有凭借的小灌木，又是怎样度过了风雪交加之夜的奇寒（那晚最低气温零下 33 度）？它那已无半点叶片的枝头上，顶着一层薄如蝉翼的冰凌，它一定是哭过了的，在那样无助的暴风与大雪迫压的夜晚。但是寒冷不相信眼泪，不等它拭去，立刻就将其冻结为冰。哭过的小灌木没有倒下，更没有死去，它不相信寒冷能够永恒。它独自挺立着，一点一点地数着时间的脚步，等待那个暖暖的太阳到来。委于地上，不只是轻侮与忽视，还有总也没有尽头的苦难与屈辱，失望与绝望也就一回回地砸得它难以翻身。可是小灌木就是不能委屈了心性地去降服谁，总是规劝自己挺挺吧，于是期待与希望的太阳，也就在它的心上一茬茬地萌蘖。

我蹲下来，将一只膝盖跪着，让我的呼吸碰着它，心头的血液就有了激荡不已的撞击。想不到，它竟这样美，虽然没有了叶子，每一条细细的枝头，都洇透着嫩嫩的红晕，红晕里，则是两三处春天里就会长出的新芽的斑痕。

尤其是它印在雪地上的影子，更让我惊叹不已。哪里是影子，分明是它的精神之魂，一面自由的旗帜！清莹、疏朗、轻盈、灵异，一面将美雕刻于贞洁的雪上，一面将真诠释于阳光里。白雪在影里闪烁着虹的彩，阳光在影里投射着忠贞不渝的情思。世间多少强亮与巨大的影子啊，如乌云的影子，如山岳的影子，不可一世，遮天蔽日，或让人膜拜，或让人沉沦。与它们相比，这株小灌木的影子小到几乎可以忽略不计。虽如此，这小小的影子却给我以清透、飞升的意象，还有只可意会不能言传的蓬勃的春意，并让我记住别尔嘉耶夫的这句话："人不仅应当向上超升，出俗不染，也应当向下观照，同情怜悯尘寰中的一切。"

离开这株小灌木已有两个季节，它会常常不期而至。它来时，我就会与它执手晤谈，醒时梦里；它离去，我还在想，一生，多短，无声无息也不碍事，就像这株小灌木一样，挺着刚硬的枝，也在阳光里招展着柔软的影子，多好。

新疆白杨

如果真有来世，我愿意托生成一株新疆白杨。

从落脚在新疆的那一刻起，一种莫名的喜爱就与沙漠、戈壁上的植物分不开了。尤其是当你在喧嚷但却隔膜的人群里熬煎得意趣全无，再来到这空旷寂静的地方，看着这些植物，走近它们，抚摸它们，理解与交流的泉水就会在龟裂的心头汩汩贯通起来。

胡杨自不必说了，不管它活着还是死去，都将一个不屈不挠的伟丈夫的形象留在沙漠戈壁上。“生一千年不死，死一千年不倒，倒一千年不朽”的民谚，不就是它的最好的写照吗？芨芨草却不同，草就是草命，似乎只配做扫帚的材料。但是敦煌石窟中那一尊尊让人惊叹让人遐想的佛像，或大或小或立或卧，一千多年间依然生动如初的秘密，竟然在于它们几乎都是用芨芨草做了骨架。从岁月的磨损处，我分明看到那裸出的芨芨草，还在寂暗的洞窟中亮着新鲜的金黄，而且有缕缕清香正从这草把间透散开来。给单调的沙漠戈壁染上喜庆红颜的是红柳，热闹，还茂密着。它在民间还有一个“油炸条”的外号，只因通身都富含着松枝一样的油性，特别易燃，也就成了寒冷里百姓不可或缺的宝贝，烧饭、取暖、编家什，所以又被称作“救命的红柳”。骆驼刺也是草，叶小冠小，在地下却有着森林一样的庞大根系。初秋里，贴着沙漠，一蓬一蓬地生长着，青里泛白的针叶饱满欲滴，为沙漠与戈壁写下一个又一个水灵灵的“翠”字。还有在隆冬季节生长、可以融化冰雪的锁阳，还有植株透红悦目、种子可榨油食用的盐角草……

但是最让我心动的，还是新疆白杨。即使六十多年过去了，我还是能够理解茅盾当年写下《白杨礼赞》时的心情：这样的白杨，是会怎样拨动着人们的心弦啊。

笔直颀长而又白净无瑕的身段儿清爽得一尘不染，直如和着江南的山之清水之秀做成的一般，让洪荒粗莽的沙漠戈壁平生出一种柔情、一种细腻、一种妩媚。但是却绝不孱弱，一点弯儿也没有地挺拔着，风沙也罢，干旱也罢，甚至还有长时间的寒冷，它都不顾不惧地挺拔着洁白而又光润的身子，朝着天空直直地生长。仔细想想，它不是又有着北方的豪侠与大气吗？

在这漫无涯际的灰黄色里，青葱笔挺的白杨是那样的醒目。醒目，却又一点也不招摇，几乎就没有什么枝条，所谓的树冠也不过是稀薄短小的叶串紧贴着树干，不耷不垂，齐心向上罢了。叫它“钻天杨”，不是没有道理的。在这毫无遮拦的天地间，不事招摇的树冠，不仅能够最大限度地节约水分与养料，当然还会更有效地抵抗风沙的摧袭。

特别是在秋阳和煦的照抚里，就连它那贴身向上的叶片也都晃动着翠生生的波影，现着举重若轻的从容，仿佛从来就没有过抵御风沙干旱与苦寒的艰辛。有风轻轻拂过，一片两片翻起的叶子，又会呈现出霜一样的银白，在阳光里闪耀起活泼与调皮。

生长在城市的白杨，当然会是一排排、一列列，只是绝不赶什么时髦，还是那样简约朗透、一杆杆直逼苍穹。也有的三三两两活在漠野之中，菩萨一般地神清气闲着，就好像它知道连大漠也不忍心稍稍破坏它的美丽。大多的则是与农人相亲相依，或成行成列地为农人的村落、田地排起道道绿色的屏障，或手牵着手将他们的宅院团团护定，不让哪怕一粒沙尘侵扰。当牛羊的叫声从树荫处漏出，再有从天山跑下的雪水，在它们的脚边跳着舞来来去去，受过其他一切沙漠植物所受的苦难与艰窘的白杨，就再也掩不住内心的喜悦，在阳光里让自己通体都透着七彩的虹晕。

谁能说，这不是一群怀着大爱的女子呢？

在新疆，总会与她们相遇。即使相遇一百回，你也会一百回沉醉于她们的美丽之中，而忘了这种笼罩在痴爱之中的清爽、俊秀、聪慧，在这浊世里是多么的珍稀。

棉　花

城里没有棉花。

住城里久了，也就淡了对于棉花的印象，甚至遥远得遗忘了一般。哪承想，默默的软软的棉花，又会悄然地盛开在我生命的秋季。

很少有人会注意到人至生命秋季的清寒。越是有了不惑之后的透彻，越会感受到一种宿命的逼近，莫名却又无解的孤单也就常常地袭来。

但是，暖暖的亲亲的棉花开了。

那是从童年时代起，就开在我人之初的田野上的棉花，那是我亲娘一样的棉花啊。早已忘记是哪一年的冬天，半夜里被呼啸的北风刮醒，却看见没睡的亲娘，还在油灯下为我已经拆开的棉裤絮着雪白崭新的棉花。那是珍贵得亲娘都不舍得为自己做双新棉鞋的棉花啊。在这滴水成冰的深夜，亲娘佝偻着腰的身影，就大大地晃动在碱了的土墙上。当她哈哈冻木了的手，又在鬓角的头发里膏膏针的时候，那布满着血口子的手，就永远地印在了我的记忆里。

疼我的亲娘走了，走得很早。刻骨的思念真不知何时到头。尤其是，当我穿着再没有了新棉花的乏筒棉袄，抱着膀无助在严冬里，当我因为没有棉鞋而让脚后跟冻得裂开着孩子嘴似的血口子——刻骨的思念也就把心咬得生疼生疼。

日子总得向前。几十年的时光，眨眼就已过去，自己也到了比亲娘走时还大的年纪。

清寒孤单处，原以为遥远得不可重返的亲娘一样的棉花，竟然悄悄地开了。

世人哪里知晓这朴素得泥土一样的棉花，有着怎样丰富奇瑰的世界。比如，很少会有人注意，棉花竟有着两次花季。棉铃吐絮开花之前，它是已经开过一次花的，虽短暂却堪称壮丽。这是它的第一个花季，开花前的下午，平淡青涩的花冠会急剧地伸长，露出翡翠一般的苞叶。经过一个激情而又神秘的夜晚，次日一早，几乎与太阳露红的同时，大大的花冠便娇娇地绽放开来，白净如磁的花瓣中，浸着浅浅的青绿。才几个小时的工夫，浅绿散去，褪色的磁白里渐渐泛起了羞怯的微红。等到第二天中午，授粉受精的花，已经变成紫红，并预示着花的萎落与棉铃的新生。谁能说这花的紫红，不就是棉花的心血呢？就说它的茎叶吧，前期当然是莹莹的绿，可是随着茎叶的生长与成熟，也会变成血红。不深入棉花的生命里，更是无法感知它的忘我与牺牲、它的勇敢与无畏。柔软的棉花，实则有着泰山压顶而不屈服的刚性。冰雹、风、虫，或者会让它遭受莫大的损伤，但任谁也无法阻挡它的生长。它的每个叶腋里，都藏有着腋芽，又会生出新果枝与棉桃。随便剥开一个将熟却还未裂开的棉桃，膨胀的棉瓣里，丝丝缕缕，已全是充实新洁、厚博而又极富弹性的纤维。等到熟了的棉桃尽情地开放的时候，这就是棉花一生中最美也最为经典的表情了，几乎没有什么可以与之比拟——除非亲娘慈祥的笑容。摘棉花在我们乡下叫拾棉花，那柔软而又干松的感觉，通过手指直达灵魂，这时，就会有一种安妥舒服、一种欣悦和一种爱恋醉了心肠。

它们不仅是人们过冬御寒的指望，还是人们——尤其是素无帮衬的百姓们——心理上绵长的安慰与寄托。只有经过了人生的艰辛与无奈，悲凉的胸怀，才会确切地理解这生长在平常土壤里的棉花，是在连最后的一滴水分，都耗干了献给了爱的。

棉花，曾经是热带亚热带多年生小乔木，是注入了人的情感与意志，才被培育成了一年生的农作物。从此，寒冷的人间便有了恒久的暖流。谁能说棉花不是花呢？尽管它平凡得连缕芬芳也不要，却是世间最重要的花了，因为只有它与人类的生命息息相关。它也许是唯一可以叫作太阳花的花了。只要人间还需要温暖，棉花仍当会生生不息的吧？任万花筒般的世道变来变去，平常凡俗的棉花照样年年开放。

棉花，亲娘一样的棉花啊，在我疲惫且常常阵痛的心上，怎能忘记只有从你那里才能得到的贴心而又入骨的温暖呢？

注定的清寒与孤单来就来吧，我的暖暖的亲亲的棉花阳光般地开了。

妙　哉

遇见它，已经记不清是哪一年了。

只记得那是一个夏天，在新疆的一片胡杨林的东南沿上，它小小的个儿，孤零零的，却抖擞地仰着脸儿，并将一缕淡得不易觉察的清香——青草割下晒在阳光里的味道——轻轻地散漫在晴空里。

人们四散开来，赶紧扑向那一棵棵神态各异的胡杨，生怕错过了就再也没有了谋面的机会。那一刻，竟是鬼使神差。我就被小小的它系住了眼、拴住了脚，全没了胡杨，甚至也忘了新疆，只倾心地看它、闻它。仿佛，它就是世上的一切了。

风沙怎么可以不在它的身上留下印痕呢？有些油亮的身子，隐隐约约着翡翠的光毫，青竹似的，却又比瘦竹稍稍丰腴。向阳的一面，翡翠般的光毫里又透出着新疆白杨身上那嫩嫩的银白，家常却也凛然。只是在接近根部的地方，画家着色般参差着红柳的殷红。有七八个枝丫，笔杆一样地向上斜伸在寂寞里，浅紫色的小叶，如花样冒起在枝丫上，陈摅着疏朗的意趣。

我几乎是自言自语着："妙哉……"

高大的胡杨，在爽劲的风里俯仰。疏朗的它却只微微地摇晃，时而抖擞地仰着脸儿。只是那弥漫在晴空里的幽静的香味儿，早已沁入在肺腑间，让我有了微醺的感觉。这青草割下晒在阳光里的味道里，还残留着些许浅浅的、淡远的墨香，仿佛天鹅的羽毛抚弄着我突然灵异的嗅觉。真的醉了。

香总会来自苦寒吧。

相对于这些强大的胡杨，它会有着更加难熬的冬季。还有凌厉的风沙，还有漫长得不可计数的孤单的岁月，都要独自承当，独自咀嚼。苦着，难着，照样舒展起树身枝丫，并在夏天里忘情地绽放起如花的小叶。难着，苦着，愈加地让身上心上的清香，悄然地飞翔在天地间。

有时梦里就会见到它。浓浓的月色里，连荆棘都睡熟了。只有胡杨醒着，叶上、枝上，挂满着泪珠。

注定是不能忘怀的了，虽然连它的名字也还不能知道。后来，我甚至问过一位博学的植物学家，连他也不清楚这株植物的名字。这有什么要紧呢？只要在心里扎了根，再常常用心血浇灌，那就是不解之缘了。或者，干脆就叫它"妙哉"？

不知道，在静谧的夜里，这些星星点点的紫色的小叶，会像星星一样眨着深情的眼睛吗？

不知道，这悄然飞翔的清香，可否愿意在我微醺的心上常作栖息？

一座桥与一棵树

男人累的时候，石头般沉默。

男人累的时候，不会减轻肩上担子的分量，更不会卸却担子。只如泰山挑山工，力透台阶，汗湿台阶，不停地向上。“身心俱疲”四个字，是为男人写下的。理解与否他全不顾，吞下一切，负重赶路。

小城西郊的大运河之上，有一座高高拱起的桥，为西部入城的咽喉。经年累月，车流人流，轮轧脚踩，没有消停的时候。光是车，就有汽车、拖拉机、农用三轮、马车、牛车、地排车、小推车。拉地排车者，上桥最难，坡陡且长，肩襻勒进肉里，脚步则如钉子般一下下扣紧了桥面。最难处会有专门拉偏套的，搭上根绳，哼哼哧哧一气拽上桥顶，可获得几分钱的报酬（二十世纪六七十年代吧）。最是载重大货车缓缓通过桥面之时，可以清晰地感受到桥的上下起伏，好似它粗重的呼吸。人多，车多，且有日益增加负重的趋势，久而久之，桥面已经出现细细的裂纹，还有被轮、脚刨起的坑坑洼洼。这裂纹与坑坑洼洼，就是桥的伤痕了，不知道它感受着怎样的疼痛。风里、雨里，寒里、暑里，有着裂纹与坑洼的桥，只是弓起脊梁承载着，一声不吭。

它就是男人形象的写照了，犹如一座桥，让一切不可能成为可能。

罗丹的《沉思者》固然是男子。可是真正的男人不仅要沉思，更要行动。那个叫孔子的人，在五十五岁的时候，还敢于带领弟子离乡背井，开始十四年的流亡生涯。六十八岁回到家乡鲁国的时候，奔波不已又累极了的孔子，还是不停地劳动、思索与整理典籍。老子还有五千言传世，孔子没有著述，一部《论语》也多是他的学生对于老师言行的记录。

前天去曲阜白钢的银府农业生态园，有一排柿子树震住了我。有几棵的树叶已经落尽，可是满满的柿子还在枝头灯笼般挂着。更多的是每一个枝头，都滴流八挂地缀满着成熟的柿子，红黄的果实拥挤在深绿的叶间，沉实静穆，一言不发竟无所不达。有一个粗枝上，分出了六个分枝，每个分枝都满满地亮着二十多个圆实光洁又在蒂处带着一层薄薄白霜的柿子。试着托起一个分枝，一种沉甸甸的压力不由得让我心生敬意。当我举首上观时，一下子惊诧了！在粗枝的顶端，因为六个分枝的重负沉垂，而几近断裂，露着鲜鲜的或断或连的白茬。断裂了，却还活着，使劲地让它的一百多个果实个个充实饱满，发着微微的甜味。明年，断裂的粗枝也许不能再供应属于它的六个分枝以充足的养分了，可是今年，它不抛弃一个果子，不辜负每一颗果实的期待。也许它是不明智的，可是其中不惜牺牲的精神，却横陈于天地之间。

这棵果实累累到一株粗枝断裂的柿子树，不正是一个男人生命的素描吗？

那片莲荷

这是一片野生的荷花。

与它的相遇纯属偶然。当然先是清清的香断续地飘来，以为是沼泽的泥土味或是水草的清气。可这味儿分明不是散布在空气里，而是独自游动，与本已净冽的空气泾渭分明着。

那是五十一年前的初夏。九岁的我跟着母亲步行二百多里，去微山湖的二级坝寻找施工的父亲，要点钱、要点粮票，好不饿死。只带着一点豆饼与煮熟的苤蓝疙瘩，母亲总是将豆饼让给我。有一阵，吃了豆饼的我，也实在走不动了，母亲就求路过的拉管草的地排车，拉上我一段路途。见到湖了，却想不到离父亲施工的地方还那样远。豆饼与苤蓝吃完了，实在饿，我就发现了零星的莲叶，还有更零星的要开的荷花。几乎是本能，我什么也不管地就奔荷花而去，抱住就吃，不顾水已淹到肚皮。是母亲不顾一切地拽住了我，我们就停在浅水里看，看见了一片青青碧碧的莲，里面就点缀着红红紫紫的将开未开的荷花。

真想变成一只蜻蜓，飞到那一杆杆的荷花上，吃饱了，再细细地看花旁的叶、叶上的水珠和荷莛上散布的麻点般的刺。

这是我一生再也忘不了的、刻在了心肠上的甜甜的清清的香。以至在青藏高原的十年，甚至去了美国，也会在风吹来的时候，似乎满心里都有莲叶与荷花的涌动，还有母亲虚汗下凌乱的头发在风里飘动，还有面前那样亲那样近的莲叶与荷花。

如果说有一种气味是融化在生命中的，与呼吸相偕，那一定是莲叶与荷花的清香了。想想，我这个旱地里生长的人，竟让莲荷的气息渗入生命里，真真的是一种缘也是一种福了。

多少年过去，上学，参军，转业在一座小城里一待就是近三十年，这种莲荷的味儿却并没有逝去。

大运河就从这个小城穿过，运河的边上有一个竹竿巷。喜欢这个傍水的龙蛇般摇曳的古巷，常会去转转，竟闻到了九岁时那股清清甜甜的香。找寻，却不见。越是不见，越要找寻。终于在与它相连的另一个小巷——清平巷的一处小院里发现了。只是几只土瓦的缸，盛了水土，长着碧翠的莲，有一只缸里就开着一枝玉白嫣红的荷花。

那一刻，就想起早已逝去的童年与母亲。也就知道，这化在生命里的莲荷的香，干干净净的香气，是在野地与民间才有的，会伴我一生了。

楼下的香椿树

单位有两栋楼在光河路上，我家住北楼五楼。1998 年 10 月搬来时，楼前北面还有一溜空地，一直没有谁想着种点嘛。直到 2006 年，二姐（是妻子的二姐，当然也就是我的二姐）来帮助照看外孙，一发现这块空地，就跑到集市上买了几株香椿苗种在了这块地上。还记得当时她连挖了五个树坑，一气种下了五棵香椿，虽然风还有些凉意，她却累得气喘吁吁，头上冒着热腾腾的汗。在挖其中一个树坑时，因为锨一脚蹬在了一块砖上，闪得二姐一下子后坐在了地上。

种上了，二姐有时还会去浇一下水。后来二姐回去了，我们也就将这几棵香椿忘了。香椿倒皮实，自个儿也就长起来了。开始也就一米多高，指头般粗，稀拉拉的根须。可一年的工夫就蹿出了好多，还发了新的枝丫。后来私家车多起来，单位就将这溜地夯实，封上水泥，成了停车位。这几棵香椿也被施工的挖起扔在了一边。

也巧，二姐正好碰上，就可惜得不得了。好说歹说又从扔了的香椿中挑了棵粗壮些的，重新栽上。边栽还边念叨：它也是个生灵，给它留个生路并不碍人的事。这树栽上，竟又延续了它的生命，好像报答二姐似的，长得更欢了。才几年的时间，树身足足有了两掐粗，树梢也几乎与三楼平齐了。二姐回来，总会笑盈盈地打量几眼她的“作品”。春夏之交，还会嘱咐我们别忘了掰下香椿芽尝尝鲜。只是有时会埋怨我们不会理料树，该在它小的时候掐掐顶，就不会只往上长、高得不好够香椿芽了。

尽管现在香椿还处在冬季的萧索里，只让蓝天映着自己简洁的枝条（有时从外面进来，它就仿佛画在蓝天上的一幅画），可它发芽长高却是必然的。

快七十的二姐近来身体不大好，少了原来风风火火的劲头，不像她栽下的这棵香椿，越来越健壮了。二姐文化不高，也一直没有工作，却在兄弟姊妹里面最会干活也最能出力。才上初中，为了给三舅看孩子，就辍学了。大姐有了孩子，二姐又远去大姐工作的江西帮她看孩子。成家了，六年间就成了四个闺女的妈妈，生活当然艰窘，过得也不多舒心。还记得她骑着一个改装的地排车（我们老家叫“放风快”），跑南跑北、风里雨里推销卫生纸，风吹得头发往后飘起，摇动的旗帜一般。等到四个闺女都有文化，也有出息，成家立业了，原本有着硬朗身子骨的二姐，身体却在不觉间有了衰老的迹象。虽然女儿女婿们都孝顺，她还是有个心结：自己没有工资，花别人的钱（哪怕是孩子们的）总不自由也不自在，也就老想着自己能够挣些钱。有过好多计划，因为没有本钱一直不能实行，也就没有谁当真。这些，当然是这棵香椿树也无法知道的了。

第三辑　月华如水

月　亮

千古一月，高高地悬在天上。

关于月的文字，真是浩若烟海。但是人们全在说着自己，没谁真正知道那个明净清白的月亮。

白天，月亮在呢。黢黑如墨的夜晚，月亮也在呢。月圆的时候圆，月缺的时候也圆。自以为常常惦记着月的人们，其实大多时候在忽略它。就是在人们应当记起月、看见月的时候，也常常阴云密布的，或把个精玉般透亮的月亮抹画得残缺斑驳，或干脆就抹杀了它，还要骂道："看看，这个懦弱的、伪君子般的、黑色的月亮。"

但是月亮在呢，高高地悬在天上，自在地明亮着。

月亮无微不至地照看着没有耐心、喜怒无常的人间，为人们细心地将黑暗点亮。

最冷最热的月亮，最苦最甜的月亮，就这样孤独地高悬在凄清的天上，从古到今。

苍天茫茫，月亮煌煌，悲悯荡荡。

温暖的情致

常常会在最热闹的时候，感到深深的孤独与寂寞。孤独与寂寞，其实并不能等同。孤独可以是丰富多彩的，甚至可以是热烈的、幸福的。只有寂寞，才是真正意义上的悲苦，悲凉与痛苦。

又是夜深的时候，还是那爿月，陡陡地悬在天上。寂寞如月，千古不磨。多少人，就是在有月的夜里醒着。不知怎么，想起了鲁迅先生《秋夜》中那棵没了枣子、连叶子也已落尽的枣树，记起那枣树的“最直最长的几枝，却已默默地铁似的直刺着奇怪而又高的天空”，“直刺着天空中圆满的月亮，使月亮窘得发白”。

寂寞的心，又是最易盛起温暖的情致的。如果寂寞的心是干裂的土地，温暖的情致就是雨了，她下着，在干涸的土地毫无准备的时候，慷慨地下着。淋着雨的土地，不能自已地闭上刚刚还是瞠裂着的涩滞的眼睛，只是弥闭的眼睛里，噙满着泪水。于是，这土地上便会生长出树与花卉，当然还有梦。这梦里，浪漫的晓岚轻裹着山峦，山峦正含着略微朦胧的旭日，几蓬树黑鸟似的飞翔在被旭日染成橘红的天上，而这一切，又都映在山前镜子似的水中……

陌生的月亮

与月亮最亲近的时候，是童年的时候。那时母亲还在，她不知道儿子的童心里有一个奇怪的想法：母亲就和月亮一样，母亲的笑容也和月光一样。不管是饥饿着，寒冷着，但是总会有快乐跟随着，因为有母亲在，月亮也在。

突然有一天，母亲走了，大人说是到阴间去了。那时我正小，哭过一阵也就过去了，只是再有饥饿或寒冷袭来的时候，就觉着苦了、痛了。但是快乐还会时不时找来，因为月亮还在。从那以后，我更爱月亮了。有时，会独自依着院中的枣树，定定地仰望着月亮，痴着，想，那是母亲正笑呢。

多少年过去了？不知何时，连月亮也失踪了。那是在长大后，进城了，有“事业”压着，事情也繁杂起来，甚至会忙得忘记了欢乐。

想起月亮是一个偶然的机会。与一位相知的朋友谈起童年，谈起母亲，久违的月亮竟然一下子在我的心头之上点亮了。我迫不及待地打车直奔城市的西郊，然后就折转身，迎着东边的月亮一路走来。没有了往日的宁静，也没有了那棵可以依偎的枣树，我甚至都不敢定定地看它了，但是柔和的月光一下子就漾满了我的心腔。月亮该不会怪我吧？我毕竟来了。这一刻，母亲在我心上种下的爱，苏醒了，有欢乐在我灵魂的深处澎湃着。

月亮，再不会丢失了。我还要在阴天和月缺的晚上，将我的心点作月亮。

被露水打湿的月亮

小时候爱在月出的时候看月，它能让眼睛月一样明亮。长大了却渐渐的、渐渐的爱在夜深的时候看月，看月的时候往往是月早已在看我了。

夜深时分看月最好。静静的，一看就看到心里去了。一点也不虚幻，实实在在的一个溶溶的月亮，贴肉贴心的，一股脑儿就全给你了。这时，你就会隐隐地觉出，原来人的心是这样的明亮而又深远，还有一丝微漾的风。

太阳的分娩是恢宏的。它会把海洋与云雾都染成血红色，一露脸就让天下金碧辉煌。月亮却不，总是悄悄地来到天上，缺也好，圆也好，都用一个圆满善意的襟怀揣着人间，不张扬却也成了人类心灵的指望。它也没有太阳的霸气，一出现就掩尽所有星辰的光辉。虽然也会月朗星稀，可它绝对是星辰的朋友，与星辰一道将月华星辉绽放在黑暗中，也与星辰一道成为万家灯火的知音。我曾想，天下最最动人的笑颜，当是月亮了。不是它在点亮人间的欢乐与希望吗？

这是一轮热忱而又宽容的月亮。

热忱宽容的月亮有时又是极其冷峻的。宫墙圈不住它，钱财买不动它。黑暗禁不得它，谀颂也惑不了它。这时它是天上最为凛然的容貌了，可谓冷若冰霜，因为它是自由的月亮，总眷顾自由的胸膛。对它来说，阿谀就是死亡。它不知道它的父母是谁，只知道宇宙曾经是它的襁褓。有这颗野性的灵魂在天上亮着，黑暗的统治就注定要一次次地失败与逃遁了。没谁能够真正理解它的孤独，那千古不化的孤独。尤其是在夜深人静的时候，只有它那孤独的光辉醒着，“世人皆醉我独醒，世人皆浊我独清”。唯有当我也沉潜于孤独里，才能稍稍走近它——那是怎样的一种博大到无穷无尽的光辉啊，悠远而又深邃，洞悉着一切的宿命，却又义无反顾、痛快淋漓地燃烧着自己，照亮着千条万条前行的路途。它看到一切，知道一切，又毫无保留地献出一切。这时，你就会感到，孤独是多么美好，孤独便是一种解放。

这是一轮千秋万载也不会被污染的独立的月亮。诱惑，失意，甚至天崩地裂也不能令其自暴自弃。它孤独地挺过了万年亿年，让一个彻里彻外光明本真的自己悬在众目睽睽之中，历尽沧桑，透彻了悟，风情万种，却又葆有处子的纯真与简明、热切与向往。

自立自爱自强的月亮当然也就夜夜新月月新年年新了。人老了一茬又一茬，它却不老。它抚摸过李白那孤独的灵魂，它抚摸过鲁迅那寂寞的眸子。哪怕风尘将人的青春糟蹋得灰头土脸，月却总是新着呢，亲近它，它就会将你洗涤一新。

谁说月亮不是一所常青的学校呢？那永不停歇的光明，就是教导人类培植、保持美好人性的最为伟大的教师了。它以自己的纯洁教导人，世上温润无比的玉石，都是它种下的吧？它又以自己的力量鼓舞人，海洋那几近永恒的潮汐，不就是在为它的美丽所激动吗？它更以悲悯之心理解人。它知道心会变硬的，还有痛苦与绝望。但是有月亮在就不怕，它能让硬了干了丑了的心变软变湿变好，让乏味的心汩动起趣味、想象、幻想与些许的浪漫。如果久经岁月，心性未变，又与月亮有了灵肉的相谐相融，你还会体察出月儿含娇的羞与翻新的俏皮来。玉壶冰心与凡尘的亲切，就这样融于月又播撒于天下了，于是有月的天下是有福的了，原本沉重的生活也就变得生动而又富有光彩。

就这样，不觉间，月亮已在人们的心里创造了无数情感与思想。不觉间，这朵宇宙间最为美丽的花，就将幽幽的馨香染向这情感与思想了。

其实月亮的本性是忧伤的，因为它最懂得世间的悲伤忧苦，又是宇宙间最伟大的倾听者。不仅倾听，它还是人间最伟大的诉说者，那丝丝缕缕、充满人间的月光，不都是知冷知热、掏心掏肺、与心偕振的絮语吗？哪一道心灵的伤口上，没有搽过月光这味灵药？哪一片心灵的田地里，没有洒下过溶溶的月色，从而让沉重而又孤独的灵魂得到抚慰与温暖？童年时的黄黄（家养的一只忠诚的狗），至今还会在我记忆里长嚎。那是神州一片饥馑的年代，别说作为生灵的狗，连村上的树也已被人啃光了皮。一星点办法也没有了，全家人不顾我的哭闹，商量起要吃黄黄的事。我带着满脸的泪，拿起一根棍子，想把黄黄撵跑。它一定是听懂了家人的决定，怎么也赶不动它。它轻摇着尾巴，舔舔我的手，而后便抬起头，望着东南天上正圆的月亮，一声一声地长嚎。它也是在向月亮倾诉吧？那晚，我看到黄黄的两只眼睛里都是泪水，泪水里还晃着柔和的月光。月亮听到了一切，又诉说着一切。那晚，我感到月亮就是被天噙着的一颗湿漉漉的泪珠了。

从那之后，不管是碰到庄稼上的露水还是看见路边沟沿草叶上的露珠，我都会在心里头想：昨晚怎么月亮又哭了？是丑恶又在肆虐？是生命又遭杀戮？但是，不管世间多么黑暗，也不管人世的生活多么艰难沉重，甚至还有横七竖八的对于人的压迫与束缚——只要月亮还在天上亮着，我们就会有爱在心上流淌，就会让憧憬自由飞翔，凡俗的分分秒秒也就有了诗意的歌吟。

冷风刮走了云彩，秋雨洗净了灰尘，亮亮的暖月航行在深广湛蓝的天上，也走在我半个世纪的生命里。

这轮或圆或缺或晦或明但却忠贞不渝的疼人的月亮啊！

它不就是可以伴随终生的家园吗？曾是我生之摇篮的月亮，当然也是我死之归宿了。那时，让我眠一眠，而后再作为一个崭新的光明的星体，于你的怀中醒来。

没有月亮的中秋

载不动太多的红尘，月亮爽约了。

没有月亮，中秋无声地来了又悄悄地走了。

十四下雨十五下雨，十六、十七还是下雨。一定是望月的眸子，禁不住思念，潸然泪下了。

没有月亮的中秋，犹如没有花开的春季，当然是有些暗淡与寂寥。好在各人有各人的月亮，在心上，四季不谢。阿炳也有他的月亮吗？不然，怎么会有那么如泣如诉的《二泉映月》？或者，是他实在受不了人生的孤独与苦涩，才心造了一个自己的月亮？

将古今模糊了的月亮啊……

雨下得更紧了。今夜，我将心铺成一条细细的长长的小路，再把血抛洒成路旁的红叶，静静地等着我的月来。

半个月亮

三月四日，农历二月十二，星期天。十八点十分，从外面回来，无意间发现半个月亮正在宿舍楼的左上方看着我，弧朝上，淡黄，毛边。高高地倒悬在东方，我走它退，我走近楼，它也退着靠近楼，一副同进退的样子。小时候听大人说里面有棵桂树，树下有捣药的玉兔。我仔细看，不是树，就像是几缕灰云侵入月中。

十八点四十分，再从东晾台找这个月亮。透过防盗护栏，使劲仰起头，才在窗户的顶部发现了它。更高，因毛边更虚而显得有了些柔软的味道。只是窗户玻璃上端久留的灰尘，好像沾染在月亮的身上，让它有了一种病态的模样。大街上的灯光，在防盗护栏的钢管上，映着绿的红的光影。我心里想，有着病态模样的月亮，会不会觉得并怜惜我是被囚于笼中？

这一刻，真静

欧范的铸铁路灯，就在窗外的树下不动声色地亮着。

梅红杆的台灯轻轻地飘着雪样的光华，落地窗远远地映着另一个我，仿佛我就在窗外的路灯下。

天上的半月，如梭，在织怎样纯棉的夜色？

山峰般的楼房，耸立着；灯光的窗格丛生着各样的心情。黑暗里，大大小小的植物，都在春风里自由地发芽、长叶、吐蕊、开花。弥漫的香，在夜里无拘无束地飞翔。

写字台的右前方，是木刻的鲁迅，端坐在藤椅上，卷起的书就握在右手里，背景则是汉画像石的农耕图。落款处记着，这幅木刻，是微山湖畔的赵明程先生创作于 1981 年 6 月。不知怎的就想起鲁迅与小伙伴们去看社戏的月亮，那时的月亮正照着他们的白篷船。在朦胧着水汽的月色里，“淡黑的起伏的连山，仿佛是踊跃的铁的兽脊似的，都远远地向船尾跑去了”。岁月如水，人生如船，或漂或驶，只有月亮照着始终。

挨着鲁迅先生，是一尊陶制的墨子像，高髻，隆鼻，深目，飘拂的长须。多年前，与他相遇于泗水一个乡村制陶店，才知朋友是可以超越时空结识的。在这样默然的夜里，他们无语，却醒着，如窗外大大小小的植物，发芽、长叶、吐蕊、开花。

熄了灯，闭目。是谁铺开来大海，又是谁为大海升起一轮明月？就让身心沐浴在融着海味的月光里。

这一刻，真静。

病了的月亮

寂寞最能成疾。

倦倦的脸庞，虽在天上，却近得似乎可以闻得到它的呼吸。

命中注定的寂寞，已经长久得成了享受。却又用清清楚楚的心跳之梭，把夜织成凄清难耐的失眠。无解的痛，便隐隐成细密的相思，无边无际。

只是病时的无助里，它咀嚼着自己的每一滴月光，竟然尽藏着完好的希冀。

不朽的月牙儿

轻描淡写的小月牙儿。

前几日，它还在黎明前东边的天上等待；今天的傍晚，就早早地来到西边的天上守候。从什么时候起，上苍将月牙儿播在了我的心上？心上便长出了一片再也不会干涸的湖泊，还痴痴地生着绿的莲与韧的苇。仔细嗅嗅，小月牙儿正有着莲与苇的清芬。

多少年了，就是在最为漆黑的夜晚，我也不怕。我珍藏着月牙儿，它那永恒的光芒，会照彻心上的重峦叠嶂。还有人生的苦寒我再也不惧，揣着月牙儿，胸中的冰雪就会融成唱歌的春水。哪怕全世界都在说是太阳点亮了月亮，我还是坚持：是月牙儿点着了太阳燃烧的激情。

尘世间多有龌龊与诱惑，血肉的生命，更哪堪风剥雨蚀？月牙儿在，不仅慰藉在，还能常常地洗涤与新生。老去是必然的。就是等到岁月将生命磨损成一片沙漠，那片沙漠之中，也会留存下一弯粼粼着童心的月牙泉。

夜色渐浓，雪痕般淡淡的月牙儿就有了菊瓣样暖暖的金黄。不管雪痕也似，还是菊瓣一般，都有一根若隐若现的细线，在月缺处画着一轮圆满。

岁月深处的油灯

最近，三次遇到生命的完结。六十多岁，七十多岁，九十多岁，年龄有别，去处一致。犹如一盏油灯，眼看着最后一点点耗尽灯油的过程，痛苦而又无奈，心上也便一次次地被压抑得喘息不匀。越是即将耗尽，求生的欲望也便越发的强烈，真如溺水者抓住一根稻草，绝望着，却挣扎着。愈是挣扎无望，挣扎愈是紧张惨烈。那种孤单无助，那种绝望的痛苦，犹如跌落悬崖时的惊悚。像生命的活力神奇般诞生一样，消失也是神奇的。几乎可以详细地看到油灯火苗的渐渐软弱萎缩，失去说话的力量，失去睁眼的力量，直到最后一滴灯油万分不舍地耗光而失去呼吸的力量。不知道最后一滴灯油熬尽时有没有巨大的恐惧？或者那边真是无边的黑暗？

但是，这一切，毕竟还有着寿终正寝的意味。与逝者相联系的生者，还会因此有着种种安慰。

还有另一种油灯的熄灭。

油灯正是油满灯明最美丽、最强劲的时候，却戛然而止！这不是熄灭，是被强行地掐灭，是横遭灭顶。本来世间是黑暗的，正因为有了这样有着无限前途的油灯，世间才有了光明的前景。可是这样的灯盏，竟然被粗暴地掐灭，原本满满的灯油刹那成血溅向大地。

今夜晴朗，大大的圆月与金的钉头般的星星在深邃的天空燃着。那是由血溅而成、摇曳在岁月深处的油灯吗？

元宵之月

一位真正的隐者。

大隐隐于光，万里清辉，明亮了谁的眸子？

昨夜还有云彩掩映，今晚竟是月洗长空。夜深如许，似有古时的更漏，滴着诗的韵脚，如老藤绽花。身心清透，灵魂如翼，人月便融为一体，模糊了时空。却也不觉多少夜之寒意，与月光厮磨，恰是玉般的温润。

人间的灯火，迟迟地烘焙着窗棂，繁星般明灭。只有你，万古一心，高悬不朽，洒下满世的家常。

徘徊不已，月移不已，盈亏悄然交替。如酒的月色，便在心的山峦间，九曲回还，溅着点点滴滴、淡淡薄薄的忧伤。

黎明时分，才有梦轻轻地笼着。梦里，却有朗朗的月，在银杏树简洁的枝头分明着。

月亮走了

熬不住没有尽头的孤苦，向暖的月亮走了，大地一片寂寞。

曾经，小城如舟，醉在月光里。大路，小巷，都有心灵飞翔的翅膀。那时世界都小，被掉在爱里，苦着、甜着，湿着、燃着，定着、疯着。

月是天之花，开在天上，却谢在人间。

只将花瓣一片一片地收妥，好好地用心血供着，去度一个又一个无月的冬日。

月的一夜

早早地来到天上。犹如刚刚雕就的一枚篆刻，圆满着、崭新着，蘸着思念的目光，钤在素洁的心上。

银白的月只轻轻地浅浅地在东方的天宇一现，天下，便被她濡染成一幅有情有义的水墨。

脚步轻移，由东向西，连变幻无穷的暗影，都被赋予活泼而又浪漫的生命。

等到她迟迟地泊在晨曦里，现着黄黄的面孔，想是倦了。而大海，却还沉浸在因她而起的无休无止的激动中。

雨后的月牙儿

这回月牙儿的露面真是隆重。

一场又一场的雨洗涤天空中浓稠的雾霾。总是洗不净，雨也不气馁，还是一阵一阵地下。有雨就有云，有云就遮月，月亮更难发芽了。

谁知月亮更倔，非等到天净云洁的那一天。那一天就是今天，今天下午的后半晌，薄薄的几片云，雪花般飘在天上，更显得晴空如洗。多半个夏日也难得有一个这样视线无碍的日子，借着雨后的余爽，便去洸河看罕见的晴空。是夫人眼尖，竟在数点散淡的白云里，看到了新新的月牙儿。

比薄薄的白云还淡还轻，却显着细密灵秀，两头翘着细细的亮弧上，似乎还眨着水意。是躲在云间？却又如锚一般地有着不容置疑的定性。不觉间，柔嫩的白云便消失在不动声色的浅风里，仿佛融化在碧空里。只有月牙儿不依不靠，独自在没有边际的蔚蓝里，有夕照映着，显得更加醒豁妩媚。久违了的月牙儿望着我，月光般的思想便汩汩地在心上拱：没头没脑不知害臊的雾霾只能遮盖它，却不能抹杀它，更无法消灭它——如年轻的生命，即便血流成河，青春也会如春草一样地拥抱大地。

谁说月牙儿不是一种绝不泯灭的希望？不能泯灭，也不能痴等，得用清清醒醒的思念与期盼牵它来。这一场又一场、一阵又一阵的雨，不就是思念与期盼之丝吗？

我真憨，晚上十一点多了还以为新新的月牙儿会在天上。再去寻它，星星一颗一颗地看我，就是没有了月牙儿。回到家来，闭目，却有月牙儿弯在心上，亲亲的。不知是几时入梦，又见月牙儿正在天上，湿着眼睛看着一副对联出神。那副对联，上联是黄河，下联是长江。

流血的月亮

人间的路，多有不平，坎坷与荆棘总是想着法儿将人逗耍，而生命更是在时间的逗耍里转瞬即逝。于是，我看到了一轮流血的月亮。

不是喷射，是汩汩地流。

流着血，还是不离不弃、不变不异，向着人间微笑，永恒地悬于天际。有她在，我们的每一个已逝的瞬间与将到的瞬间，便都有了不朽的意味。

“乱烘烘你方唱罢我登场”，不变的月亮微笑着一一细察过变幻的人间，只让自己冷静而又热烈地照临，亘古不变。

一片一片的月光，就是一片片的血迹吗？悲愤的月亮，将自己凝成苍天上一个醒目的弹洞。

如果有一天，我能够活到老得分不清东西南北的时候，这个世界上，总会有一个生命对我一如既往，这个生命就是月亮。她会用她如水的月华，洗我抚慰我眼中的云翳与心上苔藓斑驳的沧桑，就如始终如一的大海，忠诚地无休无止地撞击着早已被剥蚀得千孔百窍的岸的胸膛。

月亮，收了我吧

从地球的这边，走到地球的那边，真有些累了。在埃斯特·布洛克小学空旷的操场上，望着半个亮晶晶的月，我自语着："月亮，把我收了吧。"

月还很浅的时候，我就出门了，一路步行。行着，知道淡然的月就在背后望着我，心中的寂寞就可触可感了。旅途多苦涩，又是那样的孤单，好在有天上的这轮月在。

在人家的国度，不会英语，只好向去过一次的外孙的小学摸去。身旁呼啸而过的车，渐次地打开车灯，我知道，夕照在悄悄地敛退。走过那座高悬的桥，桥下是急促得如箭射一般来往的车流，隆隆的轮辗声一如人生的匆忙。走到小学，便看见青绿高大的松树，浓浓地将阔大的操场围了个半圆，月亮就在树的梢头立着，已经有了明亮的辉光。我呆呆地望着月，久了，放平了眼，一明一暗间，才见到本是翠的松竟成了墨色。

星期天，偌大的操场空寂无人。我缓缓地绕行，夜便在我的期盼里一点一点地上色。月高了，也愈加地亮了，仿佛秋虫细碎而又无间的鸣唧也都涂着凉凉的月色。孤独的心才会生辉，离开树梢老高的半月，怜惜地让我照着。一长溜秋千静静地垂着，想，坐上一个，能够荡得离月近一些吗？

国家，家国，尘埃里滚爬了六十多个寒暑，诸种花色一一见过，最疼痛的，还是生命的无谓耗去。耗去了，竟没有磨钝了神经，其清醒的苦也就折磨不休。苦短的来日，还有望获得舒展的自由？不确定的消息，更让心苦在无望里。慈悲的月，可愿意收了我去？我不会打扰你，只是自在地沐在你的光辉里就好。或者干脆就做你的一缕清辉，为那些不能自由的灵魂，为那些寥落的心，透进一丝希望的光亮与体贴的善意。

说是操场，其实主要是孩子们平日里活动的草坪，旁侧伴以各种活动设施。脚缓缓地踏着草坪的边缘，时不时停下来，如一棵树，与朗朗的半月久久地凝视，早忘了渐侵的潮气。

夜深时，天上会下露水的，月嘱我小心不要感冒。裹紧了上衣，索性在一处木条组成的长桌前向着月坐下，痴痴地想，月能收了我多好。傅雷走的那晚有月吗？海子走后的当晚有月吗？真是乏了，将胳膊支在条桌边上，却碰着了一个硬物，抚它，竟是一块双手合拳般大小、凉凉滑滑的石头，圆融里有着一处凹痕。心头一惊：美国人不喜欢玩石，这是谁遗下的？相遇是缘，甚至想到了月的陨石。

寂寞可饮，月色能掬，手握着沉甸甸的石头，一步一步迎着月走去。又走到那座悬空的高架桥上，白花花的前灯与红彤彤的尾灯，组成来去的巨流。就在脚下，却是那样的陌生与疏远。只有头上的月，不变地洒着慈悲的光芒，遥远却是那样的亲近。

就在快到女儿家的小路上，女婿寻找我的车停在了身旁。回到我的那间常常熬夜的小房里，将石头摆在桌上，竟是一颗红润润的心形石，虽有点点伤痕，却濡染着若隐若现的月光。

第四辑　山河独语

微山湖上静悄悄

当代人知道微山湖，大多是从一支歌上听到的："西边的太阳就要落山了，微山湖上静悄悄，弹起我那心爱的土琵琶，唱起我那动人的歌谣……"一支歌，将静悄悄的微山湖唱得热闹非凡起来，每年盛夏，十万顷荷花总会引来数不清的游人。其实，这歌与热闹，都与微山湖隔膜着呢。长年与微山湖为邻，我更多的还是感受着她那绵亘古今的自由与欢乐。

无疑，微山湖是黄河的杰作。从汉武帝元光三年（公元前 132 年）黄河在子决口、大溜转奔东南夺泗水淮河入海起，直至明万历三十一年（公元 1603 年）黄河在微山附近的两次决堤涌注，微山湖终于完成了她的诞生过程。黄河野性无依、愈顿愈奋、粉身碎骨也要在前行中再生的精神，黄河粗莽、暴烈掩饰下的善接百流、平和安详、纳众浊却不失清明本性的博大心地，都在这里蔚为湖泊了。

当母亲黄河又向东入海、离开这里的时候，微山湖早已出落成一位风情万般、涵养四方的少妇了。是母性使它有着海一样的胸怀吧？她不仅献出自己的全副血脉，惠及人畜万物，还让四十七条大小河流在自己的怀抱中吟唱。它能轻松地消化了京杭大运河，又不动声色地将其分娩出，并让犹如重生了一遍的大运河向长江、向淮河、也向黄河带上它自由野性的呼吸——那生命的祝福。那条孕育了孔子而后又让其发出“逝者如斯夫”的旷世感慨的泗水，就在不舍昼夜地奔向这里。

一个世纪又一个世纪过去了，时时在吐故纳新的微山湖依然年轻着。虽然每天大量倾泻的污染想要窒息她自由的呼吸，但是她怎么会放弃自己自由美丽的水性呢？她自信地咀嚼着日月，为日渐干涸的天地保留下一片湿润的情怀，也为人性常常横遭摧残的人类，保存下一片休养生息的资源。

也许微山湖是寂寞的，但她并不孤独。那曾和她血脉相通的八百里水泊梁山（同一个黄河母亲，同一个手牵手的童年），一定会常常打湿她深长的梦境吧！那裸露的梁山石崖和石崖上造反的好汉，当年曾得到过水泊多少的庇护与抚慰啊！水泊枯竭了，却遗下了东平湖、屹立的梁山和那一百零九个大写的人的身影（晁盖当然得算一个）。至今，山、湖间那股总也化不开的反抗压迫与奴役、不做奴隶要做人的魂气，依然不绝如缕，让日夜相望的微山湖、东平湖，平添了多少豪情与欣慰。

最让我意想不到的是，这方憨朴秀灵的水域，竟然和远在万里之遥的贝加尔湖还有着亲近的关系。微山湖之名，得之于殷商微子。微子即殷纣王的同母庶兄，名启，微是他的初封地，子是他的封爵，故称微子，死后葬于其封地宋国的一座小山上，百姓称之为微子山或微山（即今微山岛），成湖之后便也名之微山湖。而 1950 年至 1975 年在河南安阳殷墟出土的八具殷王族头骨以及据传说、语言考证，“商人祖先为阿尔泰语系满——通古斯语族玄鸟部落，自贝加尔湖一带南迁，于夏末入主中原”（《文史知识》九三年第一期唐善纯《殷人秘史》）。如今，那个起于湖又终于湖的殷商王朝早已没入历史深处，只有两片湖泊却还在涌动着它们自由自在的年轻生命，越过万里之远与数千年之久的时空，思念着又呼应着。

那么，谁能说微山湖不也是一种时间与历史的结晶呢？不仅仅是聚集，时间与历史更要在这里活泼泼地流动着，并与现实长成一体奔向未来。

看来，这方土地，是注定要和水结下深深的缘分了。为什么呢？我想起了“柔情似水”这个词。母性的微山湖，当然更是女性的微山湖了，于是爱便如夏日满湖的莲荷一样，将空气酿成了酒，把湖面烧成了火。世俗的、经典的、人间的、神话的，无不带着淋漓的湖味。

在微山湖畔的马坡乡，就默默地掩埋着东方的“罗密欧与朱丽叶”——梁山伯与祝英台，一对在历史上真切地存在着的湖畔恋人。他们合葬的坟茔，曾经被流经湖边的白马河淹没过，但是他们至死不渝的爱情，却感动了一代又一代的官员与百姓。直到明正德十一年，又感动了路过此处的南京工部右侍郎前都察院右副都御史崔文奎，他深感“其心皎若日星，其节凛若冰霜”，毅然上奏皇帝，在梁家祖林中为二人重建了墓、碑和祠堂。直到1976年，墓与碑都还在，碑高1.85米，宽0.82米（根据张自义等人《关于“梁山伯祝英台合葬墓”及其戏曲原型的考证》）。等到全国各地都在争着做梁山伯与祝英台的出生地的时候，微山湖沉默着，不屑于争什么，更没想到借什么光，依然用她的水土养育着“梁祝”的后人，也掩护着“梁祝”的魂骨。

如果在一个春雨霏霏的夜里，熄了灯，静静地听着“梁祝小提琴协奏曲”，那遥远的故事就会如苍茫的湖水扑面而来。湖面上，雨与波在欢喜地喁喁私语着，还有明灭着灯火的小船和摇曳的芦苇。这时候，你甚至会产生幻觉，纷然的春雨尽成舞着的柳絮，无涯的湖面灿烂成杂花竞开的草地，那对浪漫的蝴蝶，正自由地翻飞着，翻飞着……

这该是怎样的一位女子啊。为了争得做人的权力，她敢于女扮男装外出读书，而且一读就是三年；只身在外攻读三年不说，还敢在亚圣孟子的家乡峄山，以一个女子之身与男子汉梁山伯同榻三年；最后更为了实现自己的爱情，宁愿化为感天动地的蝴蝶！

放飞了这只蝴蝶的微山湖，是该为之骄傲的。

是为这对翩然于湖畔的蝴蝶所吸引吧，一种叫作苇莺的爱情鸟，也从我国第一部诗歌总集《诗经·关雎》中飞入微山湖里。据胡淼先生考证，这种雌雄对唱、歌声响亮、在微山湖区被称为“苇鸟”“苇喳子”的苇莺，就是堪称我国第一首爱情诗中那只鸣唱了数千年的爱情鸟，而“关关雎鸠”就是苇莺鸣唱声“呱呱唧唧”的直“译”（人民政协报“学术家园”第二十期《诗经〈关雎〉中的雎鸠指什么》)。我更从微山湖走出的学者张九韶教授处，听到了微山湖上的另一个人变鸟的传说：一对自由恋爱的青年男女为抗婚而摇舟漂泊湖上，在被暴风雨倾覆而葬身湖底之后，却变成了一对歌唱生活与爱情的苇莺。再后来，又从一位老渔民的口里，听到了这个故事的许多细节。这一对情人的家庭，曾因老辈家族械斗而成为世仇。姑娘叫田呱，小伙子名姬成，在两家的强烈反对、严酷压制下，他们的爱情却蓬勃到生死不顾的地步。终于，在一个月黑加阴天的夏夜，他们双双逃到湖上。谁知起风了，继而雷电交加，风也狂暴起来，恶浪怒卷，满湖骚动。小伙子奋力撑着危在分秒的船，姑娘刮着船舱里越积越多的水。撑船的小伙子镇静地呼唤着：呱呱——刮水的姑娘大声地回应着：姬成——撑着唤着，应着刮着……等到风平浪静的明天，船没了，人也没了，只有苇莺在欢快地唱着：呱呱，唧唧，呱呱唧唧……渔民们说，他俩没死，是变成了苇喳子，在永世不歇地唤着应着。

又是微山湖宽厚的情怀收留了他们并使他们再生！

风里雨里，小小苇莺在这湖上鸣唱着，“呱呱唧唧”“呱呱唧唧”。这是普通人的生活与爱情，也倾注着普通人平凡但却高尚的情感。一个普通人是一滴水的话，那么这片水就是无数代、无数个普通人汇成的湖泊了。对于真的善的美的，她有着天然的亲和力；对于难的苦的弱的和一切被压迫受欺凌的普通人，她又有着天然的同情，并施予不求报答的抚慰与珍爱。饱经沧桑的微山湖当然知道，普通人如水一样温和，甚至还有些卑微，可温和下往往藏着烈如怒潮的力量，卑微后有着皇帝老子也不买账的山岳一般的高傲与尊严。

虽然和孔子的曲阜、孟子的邹城只隔着几步路，有这一湖水垫底，普通人反倒并不怎么把“神圣”的孔孟之道真正放在眼里，总好由着性儿泼洒。瞧这湖谣——

“姐在房中绣芙蓉，情郎赶考要进京。满怀情意说不尽，手拉手儿送一程。送郎送到一门东，顶头碰上老叔公；操操罗裙遮粉面，管你叔公不叔公。送郎送到庄北坡，迎面撞上大伯哥；看见偏装没看见，量他有话不敢说。送郎送到小清河，婶婆气得把嘴噘；赌气俺俩亲个嘴，气她个肚疼屁打锣。送郎送到个泉水崖（ai），小姑子迎头走过来；眼馋俺俩多恩爱，叫声妹子你学着点儿！”最不能见的人都让她撞上了，她偏敢在光天化日之下与情郎手拉手，亲了嘴，还公然“号召”小姑子“学着点儿”，礼教上的规矩几乎全让这个没过门的普通湖妮子踩在了脚下。她并不要故意表现什么，只是自自然然地做去，不受繁文缛节的拘压，让心性荷花一般地怒放罢了。女孩儿家就是过了门，有湖阔天远，那自由的心腔里，便会越发的鱼窜鸟翔起来。听这摘菱歌：“七月老，八月落，新娶的媳妇摘菱角，舱里菱角没腰窝。挨着个‘扁子’还好过，挨着个‘刺头’扎死我。该死的，光笑不疼我！”

每次，当旭日或夕阳将一条火的大道，从太阳贴着湖面一直铺到脚下船头的时候，我总会在一湖柔情里，触摸到一种原生的野性，正太阳似的燃烧呢。

这是个野性的湖。这是个在野的湖。

在野的王子殷微子，就是在弟弟纣王荒淫腐败得不成样子却听不得丁点反对意见、全国已民怨云积、坟墓一般死寂的时候，毅然出走，被这个偏远的山野之地留下的。留下他，不是因为他是一个王子，而是因为他是一个清白的仁者。死了，就埋在山上，为了记住他的仁，山也叫作了微子山、微山；再后来，这里成了湖，山也成了湖中岛，微子的墓却一直好好的。至今，汉代名相匡衡所立的“殷微子墓”碑，还静静地守护在微山岛上的微子墓前。

本来，这里才真正应该算是中国汉民族的发祥地之一。汉民族的“汉”字，不就是因为刘邦建立了汉朝的缘故吗？而汉刘邦起事的家乡沛县，就在现在的微山湖畔。他出去了，当了皇帝，微山湖不眼热也不眼馋，更没想到去争个什么“名闻遐迩”的地位。出去的，大多是高蹈于庙堂，隰洼之地不必去高攀什么；进来的，是智者仁者或智仁的回归者，那是可以为伍的。孔子“知者乐水，仁者乐山”，真是说得太好了，这里有山有水，总会有不恋庙堂甚至厌恶庙堂的乐山乐水的“湖友”趋之若鹜吧？那个运筹帷幄、帮着刘邦打下江山的张良，不是拧着脖子不要齐地富庶之区的三万户封地，而选择了这里仅有万户的穷留城吗？微山岛上，也有着张良墓，连他的留城也早已被微山湖水淹没了，这真是彻底遂了他的愿了。

不知是微子、张良榜样的感召，还是这方水土本身就富含着智仁的营养，光是汉朝，这里就出了一大批心性如水般澄明独立的高士，如姜肱，如郑均。郑均是微山仲浅村人，多次被征召为官，都被他托病拒绝。因哥哥在任城当一个小官却常有受贿行为且屡劝不听，他便愤然离家，外出当了一名雇人。一年后将打工所得的钱币绵帛悉数交给哥哥，痛切地劝道：“财物尽失，尚可重新获得，而名誉丧失则千金难赎。如贪赃受贿，则名劣誉毁，遭人唾骂，这一生不就抛弃了吗？”姜肱是微山夏镇人，酷好读书，精通五经，远来就学者达三千多人（孔子不也是这个数吗）。可他就是讨厌官场中的乌烟瘴气，耻于侧身其中。别说叫他跑官买官、低三下四地乞官了，倒找钱也不干！桓帝备上礼物派大臣上他门前求他做官，他不干；又命画工上门为其画像让他扬名，姜肱干脆躲于床上以被蒙面，说得了眼睛昏花病；桓帝死，灵帝又亲召其为太中大夫，任性的姜肱索性溜之大吉，从小路逃走了。此外，微山湖还有玄学家王弼，文学家王粲，哲学家仲长统，医学家王叔和……

布雷兹·巴斯尔说人类是“一棵有思想的芦苇”，那么微山湖正是芦苇茂盛的地方了。

我常常想，微山湖就是谁裁下的一块海吧，好让我们这些远离海洋的人生多些水的韵味与憧憬。

水至柔。柔肠百结，痴情弥漫，却又能含辛茹苦，走自己喜爱的路，因为至柔的水有着至刚的骨，“滴水穿石”绝对不是虚言。

水至善。老聃说“上善若水”，是指至善的水从来不会媚上，却一生都在谦下，平等众生，惠万物利百姓，永不改“水往低处流”的平民本色。

水又至洁。人类一个“洗”字，是对她最大的赞颂。

水还善言。嬉笑怒骂，不平即鸣；就是泰山压顶、粉身碎骨，也还是嬉笑怒骂，不平即鸣。

水更至健至美，永远向前，“不舍昼夜”。“苟日新，日日新，又日新”，是世界命脉所系。就是面对沙漠绝对一元的专制，她也义无反顾，前仆后继，非但要冲出禁锢，还要在死寂的戈壁留下多元的生命绿洲。不知停滞，向前，向前，水的队伍向海洋。海是最大的自由，海是最终的解放；海是时间的总汇，海是生命的交响！

海洋，诠释着全部的水性。滴水，也透视着浩瀚的海洋。我轻按着自己日夜奔流的血脉，醒悟着：人，不也是水做的吗？也自勉着：别忘却了水性。

泰山赋

阅历过人类全部世纪的泰山，又在反复地翻检二十世纪，并将其永远保鲜地存入记忆之中。

任谁也无法动摇他，更不能贿赂他，泰山就是这样不动声色却又铁面无私地记下了一百年间人类真实的生活，包括全部细节。

谎言的雾霾、专制的恐怖，加上人类易于遗忘的天性，有时会使历史面目全非，甚至会让现实也黑白颠倒。但是泰山在这里矗立着，背依次第升高的万里大陆，面临翻卷自如的万里海洋。他无言地裸露着真实，千年万年一次次纠正似乎早已板上钉钉的定论。那个指鹿为马的赵高，手大也无法遮天。两千多年来，鹿还是鹿，马还是马。

是哪个星球与地球的结合，孕生了这个地之骄子？一定有过万雷裂变式的幸福的呻吟，一定有过通体红透的痛苦的燃烧，而后在漫天豪雨与倾海浇泼的淬火中，定格成如此超凡脱俗的“这一个”。燕山运动奠定了他的基础，喜马拉雅山运动铸就了他的伟岸。二十五亿年间，不阿世，不媚俗，独立于中国的华北平原之上。

英雄云涌的世纪，他兴奋的情怀里会悬下百架千架的瀑琴，让风弹奏。更多的是委琐的时代。委琐的时代，只有神权合一的宝座和宝座下跪着的灵魂。这时，卓尔不群的泰山更加不挠地矗立着，让似乎决定一切的宝座看着，到底还有一个站着的；也让跪着的灵魂领略站着的美丽。

泰山在委琐的时代里呼唤英雄，并信心十足地等待英雄时代的到来。

新的时代正在风驰电掣般地赶来，我们是让风弹奏泰山挂满瀑琴的情怀，还是听泰山那凝重的呼唤？

泰山上的第一块刻石，是立于公元前 219 年的秦泰山刻石。碑文共有 144 字，颂秦始皇，后半部 78 字，赞秦二世胡亥，均为李斯所书。

泰山曾经眼睁睁地看着“利欲”二字，怎样地将一个站着的巨人，腐蚀成一团跪着的侏儒。

当秦王嬴正下令逐斥各国人才的时候，是李斯挺身而出，直面威烈的秦王，上了千言的《谏逐客令》。“太（泰）山不让（排斥）土壤，故能成其大；河海不择（挑剔）细流，故能就其深；王者不却（抛弃）众庶，故能明其德”，真是义正词严，叫人理明胸阔。他甚至悍然对秦王的逐客提出了峻急的批驳，说这是抛弃百姓、帮助敌国、排斥宾客、成就诸侯，是借武器给敌人送粮食给强盗！也许上书的时候是跪着的，但是他的灵魂却是昂首挺胸的。秦王就是听取了他的意见，团结天下人苦干了二十年，才终于统一了天下。

这时的李斯是巨人的李斯。

但是一己的利欲把他的心灵熏瘫了，在秦始皇一命归西、一国命运生死存亡的关头，李斯屈服于赵高“长有诸侯，世世称孤”的利诱和“今释此而不从，祸及子孙”的威逼，弃一国利益于不顾，矫诏政变，让凶残的胡亥登基。就是这个曾经上过《谏逐客令》的大写的人，竟然为了禄位，堕落成与赵高为伍的阉宦小人，上了更长的《上书对二世》。阿顺苟合胡亥之意，污仁义，咒尧禹，颂残暴，鼓励秦二世胡亥骄奢施虐。司马迁的这五个字入木三分："书奏，二世悦。"秦二世高兴之后，却是"刑者相半于道（路上行人一半是犯人），而死人日成积于市。杀人众者为忠臣"，是秦朝的匆忽而亡。

人，不能下贱成对上阿顺、对百姓龇牙的心中只惦记着吃肉啃骨头的走狗。

站着的人多了，是国之福民之福。跪着的人多了，是国之祸民之祸。好的时代能将跪着的人扶起来，坏的时代会使站着的人跪下去。

当然，人类的希望之所以从不绝望，还因为总会有拼着身家性命也要站立的人。

司马迁就是这样一个拼着身家性命也要站立的人。时间过去了整整二十个世纪，我看见他仍然和泰山并肩站立着。

李斯之后才一百多年，比秦始皇还厉害的汉武帝，不讲理地将站着的司马迁摁趴在地上。要赎死刑？拿五十万钱来。父母双亡，家境贫寒，当朝官吏都死搂着自己的官位和"前程"，避之唯恐不及，没谁为一介寒士说句公道话。那好，就受腐刑。汉武帝像捻碎一只蚂蚁一样，摁倒他又无情地羞辱了他。蒙着最大的羞辱、被摁趴的司马迁，却踉跄着挺着脖梗站了起来，而且是当着汉武帝的面站立起来。

他将一个知识分子傲岸的身躯，站进了《史记》里。他讽刺"当今皇上"好大喜功，六次去泰山封禅，"终将没有效验"。他反对汉武帝的严刑峻法，草菅人命，专门写下了《酷吏列传》。他敢于将曾经是汉家敌人的项羽、一个失败的起义者放在本纪中，和汉家皇帝平起平坐。他将布衣孔子、佣耕的农民陈胜高看一眼，让他们和皇帝贵族并肩。他甚至对于平民出身的孔子弟子、游侠、刺客、滑稽等都给以慷慨的赞扬。

"人固有一死，或重于泰山，或轻于鸿毛，用之所趋异也"，这是身受腐刑的司马迁向命运与朝廷发出的挑战。一个穷而无权身遭残疾的知识分子，终竟写成了“究天人之际，通古今之变，成一家之言”的《史记》，一部比整个王朝值钱百倍的史诗，也为中华民族树起了一个泰山般站立的形象。

站立着往往是要受到凌辱与折磨的。

就因为不屈的站立，泰山也蒙受了无数的羞辱。其中最大的羞辱莫过于历代帝王的封禅。

“封”，即在泰山顶上聚土筑圆台祭天帝，增泰山之高以表功于天下；“禅”，即在泰山下的小山丘积土筑方坛祭地神，增大地之厚以报福广恩厚之义。借此以役使泰山以愚弄百姓威吓四方。三皇五帝至周代，庄子说“七十二君登封泰山，留石刻一千八百处”。秦朝以后的帝王封禅十一次，祭祀一百三十余次。

无言的泰山，被历代帝王涂抹得神鬼莫辨、面目全非。

但是泰山以沉默相抗，并且不屈地屹立着。

站着的泰山，数着一个又一个王朝的覆灭。

也许跪着可以爬一条平坦的仕途，也许脚下布满跪着的臣民，封建统治者空虚的内心会有稍许的安定感。但是，跪着的官员怎能治理好一个国家，跪着的大众怎能走进文明的世纪，跪着的知识者又怎能开垦出科学文化的广大天地？

于是，站着的人就一个个成了国家的福音、民族的骄傲，也只有站着的人才真正地为国家为人类留下了传世的文明硕果。从珠穆朗玛峰到泰山，中国有一道道屹立的山脉；从屈原到鲁迅，中国有一尊尊站立的知识分子；从陈胜吴广到中国工农红军，中国有前仆后继的站立的民众。

泰山在，站立的种子就会春风吹又生。

未来的世纪，跪着的人与跪着的民族是无法生存的。

泰山，可以是一切站立着的人最后的归宿。在它的怀抱中，就安息着一个一生站立不屈的人——冯玉祥。

泰山南麓，环山路西首的西溪之上，是冯玉祥1935年捐资兴建的大众桥。桥的东首有冯玉祥先生的墓，墓前白色花岗石方碣上刻着他的隶书自题诗《我》：“平民生，平民活，不讲美，不爱阔。只求为民，只求为国，奋斗不懈，守城守拙——”这个大官敢于抗日，也敢于反抗“蒋委员长”，民间传说他敢于大白天打着灯笼去见蒋介石，并以暗无天日作答。

无欲则刚，爱民则刚。这样无欲爱民的官越多，一个政权便会越加稳固。

中国一个个封建王朝，垮台就垮在官的身上，那无底的欲壑在疯狂地吞噬民脂民膏的时候，江山也便坍塌在沸腾的民怨中。国民党政权的迅速灭亡，不也是这一历史悲剧的重演吗？再有数百万精锐之师，在民心面前也会无济于事的。中国的老百姓其实是最易于满足、最不苛求的百姓，他们仅有一个世代不泯的“好官情结”，真的三生有幸碰上个清廉的好官，就会流着泪掏出心来。共产党人、抗日民族英雄吉鸿昌将军，官至军长、宁夏省政府主席，仍然两袖清风，其父屡以“做官即不许发财”诫之，父殁，他又请人将这句话烧制于饭碗上，每哺必警。

“每哺必警”中包括了全部民心，其有无便是政权的得失。

虽然二十五亿年在浩瀚的时空里只是短短的一瞬，但是相对于人类的历史，真算得上永恒了。

泰山静观一切，洞悉一切。

“有眼不识泰山”，这是人类永也迈不出的误区吗？当我们只把自己的悲欢看得比泰山还重，一勺勺舀出来品咂不休的时候，这一勺勺的悲欢便顷刻间干涸了。只有将一己的悲欢融进人类，甚至整个大自然的悲欢的巨流里，一己的悲欢才庶几可以永恒了。

站在泰山顶上后顾前瞻，让无数个世纪尽收眼底。

北京原来有一座中华门，单檐歇山顶的砖石结构建筑，俗称国门。门匾原来是石头做成，上写着“大清门”三字，字迹用青金石琢制，镶嵌在石中。民国初始更换门名时，有人想把石匾翻个个儿，将写有大清门的一面翻到里面，在原先的背面刻上“中华门”。谁知石匾拆下来，背面竟写着“大明门”三个大字，原来清人早在二百多年前就已经翻过了一次，“中华门”只好重刻了一块木匾挂上。

腐的烂了，朽的垮了，连汗牛充栋的“正史”也没了生气。因为它是与真实相背、与百姓无关的文字。只有站立的泰山和无言的百姓保持着无限的生命张力。

静观一切又洞悉一切的泰山。没有四大皆空的幻灭，更没有颓丧，因为它的后面是一个又一个实实在在的日子，它的前面，还有无尽的实实在在的日子。它存在着，与无垠的宇宙一样存在着，和纤如尘埃的百姓一样存在着，热烈的、向上的，像天空一样晴朗，像大地一样深厚。

美在民间，善在民间，泰山给我说。

如果中华民族是一艘劈浪冲涛的伟船，泰山就是这艘伟船的巨桅了。

中国文化的各种流派在这里分界，中国文化的精髓在这里汇集重铸。

泰山之西，是以儒家学说为中心的鲁文化。泰山之南，是以屈原诗骚和黄老之学为基调的楚文化。泰山之东则是经学、兵家杂以黄老之说的齐文化。非岱岳之雄峙，无以成其中国文化的分界；非岱岳之恢宏，不能熔铸中国文化的魂脉。

改朝换代的惨烈厮杀，皇朝骨肉夺嫡的血腥，以及宦海中的惊涛骇浪，在人类的历史长河中，显得那样苍白和无足轻重，都城会被时间的风雨销蚀净尽，只有人类文化的动脉，绵延不断，江河赴海般奔涌前行。

这样的气节，这样的定力，这样的大美若拙、大音希声，到底成就于何时？凌空出世之前，在炽热的地心燃烧过多少亿年？又在了无涯际的海洋中蹉跎过多少亿年？是咸涩的生活和苦难的日子，给了你如此的骨骼和骨骼中充沛的钙质吗？啊，人又何尝不是如此！看看那些有着泰山般气节、泰山般定力、泰山般骨骼、泰山般情怀的站立的人，哪一位没有经历过炼狱的考验，哪一位没有在苦难中泡过？

这样的人生，才是真正的人生。这样的人生，才是有味道的人生。

倚地插天的十八盘，该是泰山肩头的扁担吧，一头担着人世的男女，一头担着天上的日月，在无法穷尽的宇宙里，自信而又努力地前进。

我短若朝露的生命，常常会想象二十五亿年前的那个泰山诞生的时日。

穿透兆亿的混沌，横空而立，一身的岩浆，燃作红透的旗帜。从此成为人类最古老也最新鲜的歌谣，在人间播种神圣而又无限的温馨。哪怕梦魇如磐，风雨如磐，有它接生日出，让光明降临。黑暗的龌龊，龌龊的黑暗，都终究在它与旭日的面前败阵。它和人类共同经历着一世世生活的沉重，一辈辈生旅的磨难，仍然天天以自己屹立的身躯，豁然撑起无垠的天幕，接生旭日，报告光明与希望，也向世界袒开天幕样无垠辽阔的胸襟和胸襟中无比自由的心。

黎明，站在地球之巅的泰山，为宇宙司晨。

啊，泰山，我的泰山！

千年酒香

八百里水泊，已没有半点踪影。只有千年不散的酒香，还在这梁山的树石间，萦回不已。

那样的世道，官家如天下的乌鸦。脚下步步荆棘，世上处处不平，哪个好汉胸中，不横着瘆人的块垒？如此，酒便如血如泪，伴着他们的生死了。沧州的那个风雪寒夜，古庙中那一葫芦的冷酒，岂止是林冲一个人的冤屈怆痛和走投无路？

一重重的苦难，就这样在酒中愁作蔽空的阴霾。

酒中，也就噼噼剥剥，有火苗在蹿，挟恨喷怒，如刀似箭。一座座瘆人的块垒，一旦如火山般点着，世上也便没有什么铁打的江山了。腐烂的江山，垮就垮了，塌就塌吧。倒是这酒中的火，烧炼出的胆魄与豪气、反叛与呐喊，却成了传世之宝。所以这些“酒家”们喝酒，用碗，用瓶，用瓮，少用杯盏。不是被这酒中的火烧着，宋江怎么会“磨得墨浓，蘸得笔饱”，朝那浔阳楼的粉壁上，写下了“他时若遂凌云志，敢笑黄巢不丈夫”的诗句？更将这噼噼剥剥的火苗，腾作愤怒烈焰的，是行者武松。鸳鸯楼上，连杀了腌臜狗官张团练、张都监和恶霸蒋门神，武松才将三四盅酒一一饮尽，再撕下尸体上的一片衣襟，蘸着血，又去粉壁上写下八个大字：杀人者打虎武松也！此刻，这些个原本默默无闻的普通人，便让冲天的血性，带着酒的恣肆，在历史的大幕上挥洒出“英雄”二字。

金圣叹曾把武松比作“天神”。只是这个“天”，是天性之天，酒后的武松，尽把人之最朴实明亮的天性解放了，让它散发着原始的力量与自信。初冬的夕阳下，刚刚喝下十八碗酒的大汉，袒着胸，左手捺定那只吊睛白额猛虎，醋钵儿似的右拳，雨点般淋向硕大的虎头。为一方除了大害，穷着的武松，却又将刚刚得到的一千贯赏钱，全部散给受了许多艰难、也在穷着的众猎户。

一幕英雄的气象，就这样定格在景阳冈上，历久弥新。

让我感动的，还有这些硬汉们藏在生命深处的点点滴滴的柔软。越是受苦受冤受屈，越是执拗地护好着这份柔软。李逵见到想儿想瞎了双眼的老娘时的那声呼喊，“娘，铁牛来家了！”——这是能让石头也要落泪的呼喊。就为了这声喊，就为了能让受了一辈子苦的老娘，也能上梁山快活几日，嗜酒如命的李逵竟能在接娘的日子里滴酒不沾。还有临去东京出差的武松，擎起一杯酒嘱咐懦弱的哥哥：往日每天十扇炊饼只可做五扇去卖，迟出早归；“归到家里，便下了帘子，早闭上门，省却了多少是非口舌”。有这杯酒吃下，那个被人嘲笑了一世的武大，当是享过福的了。

一日不可或缺的酒，更是一面明镜，照见着英雄们的肝胆。不平的世道，怎能指望？满世的狗官，岂可信赖？那就碰碗碰瓮碰盏碰心，碰出生死相知相依的兄弟，碰出一座酒香盖世的梁山，也在这个炎凉的世界上，留下一缕千年不歇的温暖与仁义、磊落与光明，也留下一条让世代英雄怦然心动的崎岖生途。

有好汉们用生命蘸着酒写就的故事，这座小小的梁山，怎能不名扬四海、万古不朽呢？

浮来山上

还想三去日照莒县的浮来山，选一个有雪的冬日，一个人，在山上的定林寺里住上几天，听听那棵“天下第一银杏”的呼吸，也陪着那个叫刘勰的读书人说说话。

这是一座海拔只有 298.9 米的小山，却因为这树这人，让我动心入梦。两次登临，尽管同行者众，又游人如织，我还是会在这棵有着四千年寿命的巨树前孤独了自己，游进时光的河流里。

第一次见它，是在四年前一个雷电挟着暴雨大风的夏日。六百多平方米的树冠下，静寂着，似乎暴雨都无法穿透一般。周长 15.7 米的树身，在风雨里纹丝不动，山体一样，我甚至感到急切的雷电都在为巨树的从容而生气。今年的夏日再去晤它，却是阳光泻着金色瀑布的溽热时辰。宏大，却又如此的朴实，阳光在它的每片扇形的叶子上欢快地跳着舞，再流成光的小溪——我满眼的阴凉，心都醉了。当年，那个不容于齐国、被迫“接淅而行”的孔子，也许曾经在这棵古老的银杏树下将息过片刻。它不属于任何朝代，它是它自己，淡然地看着一个又一个朝代的兴起与衰落，只是将根深深地扎在大地上，有滋有味地咀嚼着自己的岁月。

三十五年前，联合国教科文组织曾经对它进行过专题研究并向全世界展示了它郁郁葱葱的生命状态。静静地想念这棵老而弥绿的银杏，才知道这样的一座小山，竟有着海阔天空一样的胸襟。

这样的胸怀里，与日月杂酿的，还有缱绻不已的情义。

从巨树拾级北上，会遇到一座二层的小阁楼，悬一匾额，上书“校经楼”三字，是郭沫若1962年为了纪念刘勰的《文心雕龙》成书1460周年所书。这座山，建一个寺，在寺里筑一座小楼，就为了等一个人来，这个人就是刘勰。

刘勰的父祖辈，早在西晋末年的“永嘉之乱”时便流迁于江南，刘勰一出生便饱尝离乱之苦，浮来山下的家乡只能在梦中相遇了。

幼年丧父，青年失母，又无兄弟姊妹的刘勰，其孤单与寂寥，外人几乎无法想象。进入南京钟山的定林寺，十数年间与和尚们共处，既是生活所迫，也是南朝崇尚佛教潮流的裹挟。失去家乡、又无依无靠的刘勰，于万般落寞里，让一个“佛”字作了精神的向导。

毕竟，佛教再是博大，也不能独占了青年刘勰的精神世界。对于儒家思想的学习与对于孔子的向往，深深地吸引着他，以至在《文心雕龙·序志》篇里，他还欣喜地记下三十岁时的一个梦境：“梦执丹漆之礼器，随仲尼而南行，旦而寤，乃怡然而喜。”梦里，他终于回到了浮来山下的家乡，正与孔子一起南行。“穷则独善以垂文，达则奉时以骋绩”（《文心雕龙·程器》），再是辉煌的庙宇，也不能束缚刘勰的人生理想——而三十七岁时便已写就的《文心雕龙》，或许比那株巨大的银杏，还有着更加长远的生命力。鲁迅先生将其与亚里士多德之《诗学》相比，称其“解析神质，包举洪纤，开源发流，为世楷式”。三万七千言的《文心雕龙》，是刘勰的呕心沥血之作，更是他自铸的以文发声的黄钟大吕。高高在上的统治者可以享尽天下，但在文化与精神的天地间，一群寂苦甚至孱弱的知识者，却可与之分庭抗礼，用心血乃至生命创造出一个自己的世界。

考证论述刘勰的生平者，大都主张他出身士族。但是，读他的《文心雕龙》，想见他写作时的心情，也就越发同意王元化先生在他《读文心雕龙》一书中的论断："刘勰并不是出身于士族，而是出身于家道中落的贫寒庶族。"鲁迅是刘勰的知音。"将相以位隆特达，文士以职卑多诮，此江河所以腾涌，涓流所以寸析者"，鲁迅读到刘勰的这些话，深自赞同，又为刘勰这样一位出身贫寒庶族者的命运而痛惜不已，"中国汉晋以来，凡负文名者，多受谤毁……东方恶习，尽此数言"，并体味整个《文心雕龙》"函深哀焉"。从江河腾涌，涓流寸折，到黄钟毁弃，瓦釜雷鸣，这是漫长的中国专制社会的常态，也是知识者心上不灭的愤慨。虽然刘勰揣着自己的《文心雕龙》扮成小商贩，在当朝重臣沈约必经的路上等候跪荐，并因此而进入仕途，但他到底还是在残酷的现实压迫下，以出家为僧结束了自己的生命。刘勰出家的方式，是悲惨的——他烧去自己的眉毛与胡须。这是对于仕途的绝望与对于生命的幻灭，也是对于梁武帝一种曲折难言的反抗。

在他出家的当年，便死去了，寿命只有五十六七岁（连卒年也不能确定）。一生未娶的刘勰，是在孤独与哀伤中离世的。读他的《知音》篇，直让人唏嘘不已："知音其难哉！音实难知，知实难逢。逢其知音，千载其一乎！"

默默的浮来山，感知了这一切，痴痴地等着自己的骄子归来。还有那棵四千岁的银杏，也在等着他。刘勰七岁时曾经做过另一个梦："乃梦彩云若锦，则攀而采之。"也许，他的灵魂，早已化作彩云，正萦绕着浮来山，朝朝夕夕。

这群石头

补天的女娲走了，遗下了这群石头。

女娲走后，一块石头生了个齐天大圣，一块石头被曹雪芹用来写了部《石头记》，其余的便湮没在这天地之间。

在烈火里锻过几亿年，再在海浪里淬上几亿年，有着水的柔情和火的明丽与刚烈的峄山便诞生了。

日月走累了，沧桑变倦了，生死也惯了，二十五亿岁的峄山该老了吧？没有，没有呢。蕴含了天、地、人之精华的峄山，正年轻着。如果雨过天晴，有轻盈的雾笼着峰巅，新鲜的朝暾再羞怯怯地照着，还有点点的山花开在岩缝间，那对梁祝化成的蝴蝶也在自由地翻飞着——这时你去看峄山吧，她就是一个蒙着蒙头红的新娘了。

怎么会老呢？在峄山的心里，那个补天的理想日益浓烈了。天塌过几回，地陷过几回，悲悯而又侠义的峄山，多想挺身而出，献身补天啊。可她一次次忍住了。是人间的苦难在牵挂着她那母亲一般博大灵敏的情怀。

峄山多么盼望人间的天空晴朗而又完美呀。

可是，灾难深重的人间啊。

也许有一天，在一个狂风骤雨、雷电交加的夜晚过后，人类会突然发现峄山不见了。噢，那一定是峄山倾尽所有补救人间之天去了。

峄山的每一块石头，其实都是长着翅膀的。

只有我们人类变好，向上，才能留住峄山。

让我们永远地留住峄山吧……

蛇行的小溪

总会有水在冰下行走。

寒冷将水冻实了，水也不死，她在冰中等待。

那是一个酷寒的冬季，在美国的明尼苏达州，雪多，风大，连阳光都觉得有着冰的肌肤。我不甘，总想踏破这冰，于是出门，走在公寓后面覆盖着冰雪的湖上。湖上已经可以跑动汽车，压出清晰的轮印，但轮印下的冰纹丝不动，似乎永也不会化去。

我不信，小鸟也不信。寂静里，湖畔树林的枝丫，被冻得犹如暴突的血管，可上面就会漏出一声两声鸟的鸣叫。虽然被寒冷拘禁得有些短促和内敛，却也脆生，且有着水的润泽。

公寓的前面是一处教堂，绛色的十字架悄然站在屋顶，常常会于晴空里惹我心动。让我心动的是一个“静”字，那般沉着，那般慈祥。但是雪在屋顶上厚重起来，竟会默然地爬向十字架，日益逼近那道竖的底部。我知道，那是已经成了冰的雪。夜里醒来，我会无端地想，毫无遮拦地立在空中，四面是风，还有那成了冰的雪，它冷吗？我甚至感到了它的颤抖。晨曦刚刚潜进世间，一种莫名的呼唤将我撩醒，翻身下床，拽开落地的窗帘，那个十字架正在晴空里向我注目。真是万籁俱寂啊。一抹嫩嫩的阳光正把十字架的顶部染成明亮的橘红，那是耶稣的血还是上帝的笑颜？一点暖意，便浅浅地花一样开在这透明的碧空里，满世界的冰雪，就有了融化的意向。

语言不通，就与大自然亲近。那个冬天，周围的老美都不如我踏的雪多。以至我回到国内，还能清楚地记起哪条路上有几棵奇特的大树，哪个山坡有被风塑成的奇妙的图案，哪片湖泊会出现野鹿，甚至哪栋楼前的小树会在雪地上留下美妙的影子……

但是，最让我留恋不已常常念及的，还是那条蛇行的小溪。

开始我是忽略了它。它虽然就在我每天走过的路旁，却是藏在皑皑的冰雪之下。不知是哪一天，我突然听到了一种隐约的“哗啦”声。感到奇怪，就停下脚步，四处张望，想辨别到底是风声还是鸟鸣。可是周遭的冰雪与头上湛蓝的晴空，全都清寂如初。刚想走开，竟又听到轻轻的、悄悄的“哗啦”声，好似有只玉手在不经意地抓放着宝石的珠子。这响声近得好像就在我的体内，我按住左胸，心跳的动静与这“哗啦”声并不合拍，便怀疑是我的幻听。可是一走，这种“哗啦”声又分明是有。我诧异地蹲下，声音似乎真实了一些。干脆一下子扑在路边的雪地上，嗨！是水的流动之声，就在这冰雪之下！

这是两片大的湖泊之间的一块荒野，而这条冰雪和路基之下的小溪，就是连接的纽带了。

连大湖都被冻得默然无语，它却还在自由地歌唱。从此，我每天都会数次伫立在两湖之间的这片原野上，屏息，静听，以致后来，我的心跳竟能与它的流动浑然一体。

尤其令我惊讶的是，离春天还是那样遥远，只是几天没有雪的飘落，这哗啦有致的小溪竟然咬开了冰雪，露出了它似有似无的蛛丝马迹。它分明是热的，用自己的身子暖化了冰与雪。一种钦佩油然而生。这么细弱软小的溪水，靠自己的真与韧，也是可以在这铺天盖地的隆冬里抢下一点生存的天地，并让自己自由的心性为春天的解放做好前驱。

又是几个晴日，隐约的溪水，就感服了身边的冰雪，让其也化入这自由的清流里。溪宽了，“哗啦”声也明朗起来，虽然寒气依然逼人，但我知道春天已经起程。

遇　见

这是绝对不可能第二次碰到的美，一生能够遇见一次就已经是幸运的了——那是一个初春的早晨，我像往常一样哗哗地打开落地的窗帘，一只硕大无朋的银凤凰便徐徐地在东方的天际向我展开。这只银色的凤凰，正衔着旭日，在晴空里飞。

我一下被惊呆了：真好！真俊！真美！

它非常巨大，定有千里万里，仿佛是满天的云彩一起投胎在宇宙最华丽的子宫，生出了这样一只独一无二的自由之鸟。可它又轻灵无比，每一根羽毛似乎都在风中抚动，层次分明的羽毛里，就有了欢乐与光明的韵律，一如夏夜银河里粼粼的波光。衔日的喙似衔似吻，嗉子处翠艳的羽毛，正映着朝日的欣喜。

干净，朴实，却又绚烂，淋漓。让没有穷尽的创造代替窒息的稳定，令活泼的新生战胜腐烂的死亡。这只刚从大海出浴的凤凰，才一展翅，就令世界上那些美学家的喋喋不休，一下子尽显苍白。倒是跳出了美学家行列的高尔泰先生，为这只高蹈的银凤留下了关于美的不朽的注脚：

美是自由的象征。

我曾经自认为是一个爱云懂云的人。正是在这只凤凰飞临的美国明尼苏达州，我曾经写过《明州品云》，甚至觉得品得那样透彻。可是这天早晨，宇宙随意的一个挥洒，便映出了我的位置：才刚刚远远地望见了一点点若实若虚的门径。但就这一点点若实若虚的门径，已经让我胸中涨起青春的大潮了。一种谦卑，一种感动，就如春雨中的禾苗，嘣嘣地拔节生长起来。沾了尘垢的心田，便沐于这好这俊这美里，曾经干瘪无趣的细胞，一颗颗饱满生动起来，好像秋空里的星星、五月末的麦粒。

隔着太平洋又能怎样？我还是执拗地认为，它一定是我那东方的银凤凰。要知道，区区国界怎能阻隔了翅膀？只是它还没有唐诗宋词的风尘，也没有诗经离骚的忧心。倒是稍稍地有着半坡村那个持着陶罐汲水女子的风韵，掬、倾之间，便有了黄河的摇曳万里。更多的，则是女娲的气度，一个爱字，就让这个寂寥的寰宇一下子诞生了许多的生命与生命的热闹。

出神入化间，早已忘了时间的概念。等到我举起相机，银凤凰正披着一身的霞彩，成了火凤凰。我那凡俗的心，仿佛蜕去了世间的铠甲，轻盈地向着它飞去……

一地秋阳

霜降一过，一地秋阳便向着立冬走来。

竞鸣的秋虫全没了声息，是饮了太多的阳光，醉了，要长眠一冬。仿佛激情的歌唱家，沉湎在谢幕之后的安恬中。

只有秋天的朝阳才像新娘一样。簇新、洁净，心热却悄然内敛着，稍稍有一点羞怯的味儿。

简直可以一把一把地抓起这如水的金辉，再让它从手上流脱，好像抓起一把把储满着阳光的玉米，又珠玉般地滑落。心也就沐浴在清朗的秋意里，如一枚红叶，自由地徜徉在天地之间。

秋空最宜放眼。没有尽头的又高又远的天际，渐次地向着中天铺展着越来越浓的蓝色（词典上真该有一个“秋蓝”的词条）。有一行大雁，正从深不可测的淡蓝里向着深蓝飞来。往南百多公里，就是微山湖了，它们当是要在那里歇歇脚，再往遥遥的南国飞去。由小变大，逐步地明晰起来，清清楚楚的六只大雁，沐着暖而明净的秋晖，将身体伸展成“一”字，箭一般穿行在湛蓝里。掠过头顶的瞬间，分明有“啊啊”的赞叹传来，一声声，清越而又高亢。没有障碍，没有束缚，没有顾虑的鸣唱，就在我寂清的心上激起了久久的波澜。尽管它们总要落到地上来栖息，只是看其高高飞行、心无旁骛的样子，竟会觉得天空是属于它们与鹰的。

喜鹊当然属于大地。别说秋天，就是滴水成冰的冬日，它们也不迁徙，难怪被称为留鸟，是留恋着树上的巢与树下的土地。一个“喜”字，活现出民间对它们的喜爱。“小麻嘎（喜鹊），尾（yi）巴长，娶了媳妇忘了娘”，戏谑里满溢着家人似的亲切与爱恋。这种喜鹊是黑白相间、羽毛显着华丽的大喜鹊，也成群结队，大部分则是两两相随，在秋光里追逐嬉戏。有时会落在树的梢头，为了平衡，让长长的尾巴朝天撅来晃去，自由自在的样子。更多的是灰喜鹊，身材小巧，一片片地群起群落，接近土色的毛羽，被午阳染得蓝幽幽的，像一群群开心的孩子。它们从不高飞，树丛、花丛、收割了庄稼的田野，就是它们恋恋不舍的地方。早逝的苇岸说，“它们（还包括麻雀）的存在，使北方的冬天格外生动”——其实，岂止是冬天，秋日因为活泼的它们也变得有情有致了。

日头稍稍偏西，光线越发柔软起来，橘黄里就潜进了嫣红。正是午饭的时辰，河边，河边的田野，少有人迹，太阳的秋波便静静地流淌。或者，太阳就是宇宙的一棵树？只是天上正好与我们相反，他们的树荫便是闪闪的光芒？一道一道的光芒，就是它无法穷尽的年轮？它大却不以为大，我小也不以为小，就在阳光铺就的迢迢之途上相遇相对相通相知，等视万象，不知时间的始终。

寻着“嗡嗡嘤嘤”的吟哦，我在一片鲜亮的波斯菊里找到了众多忙碌不已的蜜蜂。应着绽放时间的差异，热闹的花朵呈现深浅不一的颜色，从紫蓝、紫红、粉红到浅白，当有七八个层次吧。舞动的蜜蜂，皆沉浸于忘我的择花采蜜中。常常要在每朵花蕊里转着圆圈吸吮，一朵刚完，没有停歇，再寻新一朵。

寻一处土坎，坐下，拿出携带的《沙乡的深思》，却不读，听着“嗡嗡嘤嘤”的吟哦，眼睁睁地看着暖暖的秋日与利奥波德在中国的这条无名的小河边晤谈。不知过了多久，就见一只小小的、红红的蜘蛛轻快地爬上书来，在清静的阳光里留下细微得几乎不易觉察的影子。心上，就生出着一种爱惜，看它在书的全身游走，看它藏进秋风吹开的书皮里，再从书皮的上沿试探地露出纤细的脚来，匆匆而又从容的神态。一种感动就像风吹皱的湖面，粼粼着也欣喜着。太小，不敢用手抚它，只是细细地向它吹口气，它立时就停住脚步，钉子一样钉在书面上，静静地等待什么似的。它从哪里来？要到哪里去？等它再移至书沿，稍稍用力吹去，它就“飞”了一道优美的弧线，仿佛吐着一条看不见的丝，黏黏地落在土地上。

等到秋光软软地有了些凉意，已是夕阳将树的影子拉得又长又远的时候。原以为生了锈色的柳叶，却在夕照里明灭着光泽，忍不住伸手捏捏，真还留有些许腻滑的滋润。掐掐，有绿莹莹的汁水散着微苦的清芬。再看柳树粗糙得沟沟壑壑的树皮上，竟有三四只瓢虫，背着数目不一的星点，上爬下行。弯下身子，仔细地瞧，它们不理不睬，兀自爬上爬下，真是我不自以为大，它也不自以为小。食指肚才轻轻地触动，它就马上团成团掉进草丛里。好奇心引着我又去触动高位的瓢虫，下落的那团还在途中便突然打开了翅膀，优雅地飞走了，就如跳伞运动员在空中打开了降落伞。

与人类的欲望与大事相较，红蜘蛛、蜜蜂、瓢虫，多么微不足道。可是头上的这轮秋日，却一视同仁地注视着大家。而我们脚下的大地，也在一视同仁地接纳着万物。“人不知而不愠，不亦君子乎”，俯下身来，谦恭地面向大地，就会有幸与蜘蛛、蜜蜂、瓢虫这些君子为伍。

不知何时，大地悄然变暗。梦幻般的暮霭，带着炊烟的微辛，薄纱一样围笼来——终于到了秋阳安睡的时刻。蓦然举首，天空却仍然明亮；

而日落的地方，蓝天已被肆意地烧成炽白火红。我不禁扪心自问：捆缚着的心灵，可否还留存着一点自然的野性？那个叫梭罗的人说过，“在野性中保留着一个世界”。

等到清晰如刻的新月弯在一碧如洗的天上，有一个愿望也如这新月般铭刻在心头：哪天老得不认人、迂得豆沫一样了，也肯定会葆有亲亲秋阳的冲动。

老舍的济南

如果山是济南的骨骼，水就是它的灵魂了。至刚至柔，这就是济南。诗人孔孚《泉城山色》只有三句，“绿得有些倦 / 现一些忧郁 / 思念着雨”。何来忧郁？那是因为山与泉历经了太多的人间苦痛。

喜欢一个人，早早地坐了公交车，颠簸三个小时，去济南的历下看泉。在历下的小巷里，顺着幽幽的泉水曲曲折折地走。然后，再去大明湖畔寻一个僻静处，半日半日地发呆，走神。这样的时候，总会想起一个人来，想起那个对济南的山水爱得无以复加、至刚至柔的人。

这个人就是老舍。人走了，他的文字与留在文字上的生命，便如这清幽而婉转的泉水，不竭不涸。

想起他几乎是带点儿幸福感的话，“从民国十九年七月，到二十三年秋初，我整整在济南住过四载（实际是四年又三个月）。在那里，我有了第一个小孩，即起名为‘济’。在那里，我交下不少的朋友；无论什么时候我从那里过，总有笑脸地招呼我；无论我到何处去，那里总有人惦念着我。在那里，我写成了《大明湖》《猫城记》《离婚》《牛天赐传》和收在《赶集》里的那十几个短篇……时短情长，济南就成了我的第二故乡”（《吊济南》）。

二十世纪的三十年代，正是中华民族最危殆的时候，日寇入侵，内乱不已，民不聊生。所幸的是，当时受着迫压与凌辱的中国，民众与知识分子双双觉醒，合力反抗。在这觉醒与反抗的知识分子队伍里，有两个劳作最力最勤的作家，上海的鲁迅与济南的老舍。

鲁迅在生命的最后九个月零十九天里，有八个月在重病之中，胃扩张、肠弛缓、肺结核、肋膜炎、支气管炎、气胸、心脏病。但在这最后的九个月又十九天里，先生却出版了《故事新编》《药用植物》《死魂灵百图》、珂勒惠支的《版画选集》《苏联版画集》；编校成书的有《海上述林》两卷，编好的有《苏联作家七人集》《且介亭杂文两集》，平均每个月有一本书出版。十月十六日（死前三天），先生写下了《曹靖华译“苏联作家七人集”序》一文；十七日，先生勉力写下《因太炎先生而想起的二三事》，记下当天的日记；十八日晨，已无力说话，因不满足于许广平的报告，还要亲自看过报纸，关心着刊物和青年们的文章。这是“民国”二十五年，鲁迅的一九三六年。

济南的老舍呢？那时他在齐鲁大学任教，假期便成了他创作的正日。胡挈青女士在《旧居》一文里这样记载：“就在那样的盛暑中，就在这个闷热难当的小院里，老舍一天也没敢歇着。他抢在太阳出来之前起床动手写作，头上缠着湿毛巾，肘腕子下面垫着吸墨纸，以防汗水湿透稿子。就这样每天至少赶出两千字来。一个暑假，他‘拼’出了一部十多万字的长篇小说《离婚》。”这是“民国”二十一年，老舍的一九三二年暑假，一个热死了许多卖苦力者的酷暑。

“民国”也是党国，这就更加加重了民族与民众的苦难。

民族与民众的苦难，也就为鲁迅与老舍的文字，铺下了灰暗而又感伤、悲苦而又愤怒的底色。只是鲁迅的文字，是带火的讽刺；而老舍的，则是含泪的幽默。

老舍的《大明湖》就是写的震惊全国的济南惨案。《大明湖》焚毁于战火之中，老舍又将这部长篇小说里最精彩的部分，重写成一部可以列于世界经典之林的中篇小说《月牙儿》。

近八十年过去了，我于晚春的暮霭里流连于济南历下旧巷的泉水边，似乎老舍与他的月牙儿，都还在汩汩的清流里晃动。出身寒苦的老舍，如这泉水般，将大地上野草一样的底层民众的苦难，含蕴在自己的笔下。那是个将没有一点生途的母女俩、渐次逼入妓女境地的社会。那个女子悲凉的呻吟——我每每都能读到对于这两个美丽生命无望凋零的无限怜惜，和对于那个非人社会的无尽控诉——“我心中的苦处假若可以用个形状比喻起来，必是个月牙儿形的。它无依无靠地在灰蓝的天上挂着，光儿微弱，不大会儿便被黑暗包住”，“我还不如一条狗，狗有个地方便可以躺下睡，街上却不准我躺着”。(《月牙儿》)那个吃人的社会，终于将妓女的女儿逼进监狱，这个酷爱月牙儿的女子，竟“不再想出去了”，因为，“世界比这儿并强不了许多”。

老舍是在最后时刻不得不离开济南的。直到济南北面的黄河桥被炸了，日寇的铁蹄已经逼近济南，他才提起那个早已收拾好的箱子，“挨个看看极幼小的孩子们”，踏上了八年的抗战路。他不是北京的周作人，绝不可能留下来侍奉敌伪政权。他那文人的脊梁，是如济南的华不注山一样，硬且峭拔。

我们都知道老舍名篇《济南的冬天》。其实济南的春夏秋冬，他都饱蘸着深爱，一一写过。他与济南匆匆作别在秋意阑珊之时，其后的岁月里，他的梦境中当会皴染起济南的秋意吧——“秋山秋水虚幻地吻着。山儿不动，水儿微响。那中古的老城，带着这片秋色秋声，是济南，是诗”(《一些印象》(续四)，原载于一九三一年三月《齐大月刊》)。

早在老舍二十三岁的时候，他就在对学生们的讲演中说过这样的话：

"耶稣只负起一个十字架，而我们却应该准备牺牲自己，负起两个十字架，一个是破坏旧世界，另一个是建立新世界。"

但是这个名"舒庆春"、字"舍予"的老舍，到底还是去了，一九六六年八月二十四日，他投太平湖而死。

他心上已是遍体鳞伤，比体表上的更重更深。

有一点世人还从来没有说到：老舍舍身前在太平湖独自面对那个白天和夜晚的时候，一定想到了济南，想到了济南的山与泉水吧？那些山是不会低头的，却是慈爱的："这一圈小山在冬天特别可爱，好像是把济南放在一个小摇篮里，它们安静不动地低声地说，'你们放心吧，这儿准保暖和'。"（《济南的冬天》）而那些泉水，则更是不会低头的，它们简直就是舍身而出的！地底深处的黑暗久久地包围着它们，冰冷的石头在狠狠地压迫着它们。但是它们从不臣服，百里千里、千年万年地寻找着能够自由呼吸的出口。终于冲出迫压着、包围着它们的强大地层，让自己的生命在济南的人间开成自由的花朵。这从地底冲破包围而解放了的泉水，又是最为干净甜爽的。不要说它们惠泽于济南的百姓，那个因飞机失事而辞世的诗人，也是被运回济南，用这些干净的泉水清洗一新的。

两个"老舍"，就如雕塑一般立在历史的烟云间——曾经，在最热的八月的济南，这个勤苦的人，头上缠着湿毛巾、肘腕子下面垫着吸墨纸，沉浸在忘我的劳动之中；而在这个最热的八月的北京，他却心冷如冰、绝望如崖、决绝舍身。

《茶馆》的结尾是耐人寻味的。王利发、秦仲义、常四爷，三位老人撒着纸钱，自悼自祭，茶馆老板王利发则在这种自悼自祭的悲怆里解下腰带进屋自尽。与这个结尾融为一体的，还有常四爷的那句敲响了千万人心的台词：我爱我们的国啊！可谁爱我呀？！

这位敢于舍身的人，特别喜爱鲁迅的文字，说"他会怒，越怒，文字越好"，并评价鲁迅与他的文字"这是前无古人，恐怕也是后无来者的文艺建设”（老舍《前无古人》）。只是，等到他最后一怒舍身的时候，却是连一个字也写不出了。

“上善若水”，“逝者如斯”，老子与孔子虽然说的是水，又是在说人。我每次来到济南，亲近着万古常新的泉水，总会想起老舍与老舍的那些写着济南的文字。我相信，一世一世的后人，来到济南，亲近着这些常流常新的泉水，仍会想起老舍与老舍的那些写着济南的文字。

小　路

一条又一条的小路，就这样曲曲折折地流淌在这座古老的小城里。

它们曾经是那样的陌生。岂止是陌生，面对它们，还会有一种莫名的冷漠湿雾般薄薄的袭上心来。我是一棵树，是无法在这河流一样的城市的小路上生长的。于是，这一条条永远也无法走进、无法亲近的小路，也就更让置身其中的我，有了旅人的孤独与寂寥。

我会常常没有缘由地突然想起农村的老家，而那黄昏的狗吠，黎明的鸡叫，也就会在我的想念里生动起来。

是从什么时候起，这一条条的小路竟如我的血脉一样与我息息相关了？连续的夜雨和北风，已经使溽暑远去，似乎让人有了一种秋意的错觉。在这少有的清凉的夏夜里，小路也就蜿蜒着走在我生命的深处了。

我知道一片一片的雪花，是怎样将这小路悄悄地铺严的。那是多么温暖的雪花啊，一朵朵地绽放在这小城的夜空里，时不时又会有一朵两朵的雪花轻柔地、调皮地摸一下我的面颊或脖子，再要赖地融化开。

我知道溶溶的月光，是怎样将小路陶醉的。这时的小路，就有了月光一样的脸庞和童话一样的隐约而又变幻的影子。当然，还会有絮絮的心语，微风一般在这小路上轻轻地荡漾。这时，你会清楚地觉得，生命的每一道沟壑里，都洒满金子一样的月光；这时，你还会感到，眼睛里心坎上甚至每一次呼吸，都有快乐的月光在潺潺地流淌。

纯粹的心灵，怎会没有深深的孤独与长长的忧伤？这时的小路，就是一根根的琴弦了，它感应着也分承着每一分的孤独与忧伤，并在这种感应与分承之中，洒下阳光般的暖意与抚慰。

当然还有浪漫的故事穿行在这些小路的记忆里，会在小路看似单调的时光里，突然银鱼般"泼剌剌"跃起。

这就是人世间的河流了，一条一条便汇成了生活的汪洋。

而我，是一条鱼。

六月的喀纳斯

曾经，离它很近，竟未能至。

知道人的一生，总会有那么一处两处你最想去却总也去不了的地方。还知道，去不了也是缘，梦缘，会在你的梦里展开向往的空间。

十多年过去了，早已安于梦里的隐现，却又阴差阳错，梦亦成真，说到就到了它的跟前。先是谦逊清淡却又不可抗拒的芬芳，轻轻地沁过来，沁过身心，好一阵，才见深藏于阿尔泰山脉中的喀纳斯，将她六月的容颜，款款呈现。

地是嫩嫩的绿，天是湿湿的蓝，水是清清的碧。

嫩绿的草，水一样漫过，随大地的高低，起伏成不染纤尘的清凉，且给人一种柔软的感觉。各色小花，恣意在汪洋般的草丛间，似浅浅的笑，被阳光点着。定下神看这些小花们，妙妙地轻摇在清透的微风里，像晃着小手学步的孩子。无缰无鞍的马，或红或黑或花，零星在嫩绿里，间或打一下自在的响鼻。最是羊群，散布着，远远近近，如没有化尽的残雪，却透着融融的暖意。

湿湿的蓝天则坦露着一种亘古未动的安详，深邃得无穷。许久，才发现，天是让纯金般的阳光洗成了湿湿的蓝，真挚得仿佛举手可触。有鹰在天空里翱翔，似不动，却又瞬息掠过辽阔。只是鹰飞得如此低，就在草地矮矮的上方，莫非是它觉得喀纳斯也是一种天堂？阳光就在鹰翅上燃烧，使鹰也成为黑亮亮的火焰，镶着金色而耀眼的边。

天际间，阿尔泰山脉的雪峰，遥远成轻轻的一抹，参差着，静穆而又神秘。花的雪莲与兽的雪豹，是怎样在这雪的世界里绽放与漫步呢？偶尔会有长长的冰川，好像一位兴冲冲下凡的天神，因惊诧于喀纳斯的美丽，而于奔跑间骤然止步在山谷间。

雪峰与冰川之下，是严如兵阵又饱含生机的森林，襟怀浩荡，无拘无囿。更有富丽的颜色，标识着树种的分布，新绿、幼绿、浅绿，老绿、锈绿、枯绿，黄绿、紫绿、红绿，青绿、翠绿、水绿……众绿之上是徜徉的云，或白或灰或红，干净无比，鹰翅般镀着火焰样的阳光。云影栖于森林之上，云栖处便又化为深郁的墨绿。

都说这是中国最后的净土，见了，才信了。

真怕满是尘埃的自己，会玷污了它。

明明知道，我只是一个匆忙的过客，还是让奔湍清洌、野性却又和润的布尔津河清洗着我的眼睛，也涤漱着我的身心。没有时髦，不随大流，与我国绝大部分的江河属于太平洋水系不同，喀纳斯特立独行地属于北冰洋水系。见面就想到了诀别，更加将全部的心思，毫无保留地投入在这轻巧又宏富的清流中。

真想变成一株白桦，玉一般地立在河之畔，让细碎的圆圆的叶影与繁密的根须，尽兴地吸吮这雪峰与冰川的奶汁。

溯流而上，出没在森林之中的卧龙湾与月亮湾，犹如深情的长调，吹奏着我生命的孔窍。我知道，离那个曾令我梦萦魂牵的喀纳斯湖，越来越近了。

世界上，湖泊总是美的，静美，还或多或少带点神秘。我也最喜与湖泊亲近，让心跟了去，身便化莲化苇化帆化鱼，融入在忘我里，久久不愿醒来。

24日午后3时许，终于亲炙容颜，才知喀纳斯湖独立于万湖之外，与天为伍，却又是大地上的一枚水做的弯月，寂寂地也丰实地照映着、孕生着自己与自己的世界。

与西藏冰雪之水的湖泊不同，她是以自己温润和煦的呼吸融化了也吸引着雪山与冰川，水便不仅清冽，更暖意盎然，如春之花蕊，滴滴莹澈而又内敛着无穷的热情。也与内地众湖迥异，拒绝任何的污染与嚷扰，独自淘洗日月，清素静和，将简约与宏赡演绎到极致。两公里不到的宽度，似乎窄窄的；却又长长久久，在青山雪峰间拥抱着二十多公里酷似翠玉般的身段，连岁月也被她感染得忘了衰老，千年万年青春四溢着。

这是真正意义上的自由之湖，无滞无碍，随性自在。

只有自由之水，才能如此安然深情，在45.73平方公里的面积里，就含蕴了53.8亿立方米的圣洁活泼之水，成为中国内陆最深的湖泊。深情之水岂能不从容安恬？即使强风暴雪之下，她仍能不为所动不为所侵，信步安澜。想想，谁能动摇这平均120米、最深处188.5米的深水之绪呢？

只有自由之水，才能如此澎湃不已，没有丁点禁忌地一边尽纳众山之水，一边又创造出万喙喧腾的大河。飞瀑、急湍，流动、奔涌，一起化作激情的交响；天面云影，山颜树调，日光月华，晨昏阴晴，春夏秋冬，万色杂酿成须臾百变的美的大观。就如天上的太阳不会熄灭、日日焚去黑夜一般，喀纳斯湖以其开放贞明的胸襟，时时都在接纳又时时都在诞育，为寰宇留一面普世的明镜。在这面不朽的明镜里，污者自污，清者自清。

纳是更生，吐是华诞，吐纳不息，生生不已，“日日新，又日新”，常流常新，喀纳斯湖便在沧桑的消磨中永不干涸了。“红颜随霜凋”的宿命，也不得不在她的面前俯首。尤其在众湖为利驱遣，日渐消损，受辱被污的当下，喀纳斯湖“不以物喜，不以己悲”，坚守生命的干净与热烈、自由与独立，真真地给人的心灵留下了不泯的深长滋味。

等到金黄如菊的阳光——渐变成玫瑰样的嫣红，将青葱的山峦与翠绿的草地融作一处，再从时不时颤动着鬃毛的马背上滑落、洇入地下——圆的明月早已悄然浮起在湖上。

清冽的凉迅速地变为砭骨的冷，夜来了，湖眠了。

我静静地坐在群山聚拢、长树送荫的湖边，与锃亮的月一起醒着守着。本是阴森四布，却觉温柔笼袭，心上便有清清亮亮缓慢却节奏分明的滴答的水声，当是她清匀的呼吸化了我胸中的冰雪。

梦也就眠在她轻轻的呼吸里。

25 日，与曙光一起醒来，人早已走在湖东岸的泰加林间。在这孩童般的喀纳斯湖的清晨，我是第一个造访的人。空气如湖水一样洁净，鸟的鸣啭就在寂静里清脆着；不知何时倒下的松树干上，有花着脊背的小松鼠，跑来沿去。凡俗的我便沐在这神工天籁里，耳鼻眼喉舌及每一根神经，都轻灵异常。这才知道，人，生在人间，其实早已坠落在地狱里。坠落其间，不思超拔，甚或还以天堂自诩。

野性的森林伴着野性的湖泊。土薄，泰加林里便多生着见土即长的西伯利亚松。不知何时，有并排五棵松树被风一起连根拔起倒下。是松的再生还是风的匠心？五棵一齐倒下的松树，便根盘着根，连根间的土一起，向着曾经日夜相望的湖亮起了一面根的“雕”墙。

当然要在那棵“泰加林之王”的西伯利亚大松前留步，禁不住用怀抱去量，三搂多粗的干，直凛凛地凌空在三十多米的高空，五百年间守在湖畔分寸不移。一只青青的虫，黄喙灰头，扯着一根十几米长的丝，倒吊在树王一根斜逸的偏枝上，幽默地打着秋千。弯曲半裸的树根，向着远处游走，紫的黄的白的小花开在树根间，好似从高空蹦下的七彩的阳光。苍苍的松枝与裂着粗大纹路的松干之间，漏出一线沐着朝阳的雪峰，正在临湖梳妆。

忍不住，干脆攀到伸向湖中干树的残身上，细细地观察。雪山、森林、喜悦着一团灰云的晴空，还有山脚下带着露珠、零星着几株小松树的草地及草地上那栋尖顶红脊白墙的欧式小屋，全在湖水里生动活泼地浮动着，颤悠着梦幻般的意境。醉！

酥酥的心，在了悟里飞翔。原来，人的胸腔也可以蓄积起如许的湖水，并倒映着美的万物。

移目湖的上方，已经被纯洁的阳光点着的雪山，似乎正激荡着热热的血流。随着日光向下移步，雪间便斑驳着黝黑深灰的山体，一如天庭的板画。

两座雪山的凹处，是一轮走了一夜已成薄薄的淡月，几乎被闪光的雪掩蔽。

雪山、淡月，以及这里的一草一木一石一虫，都是有福的，因为它们可以尽情地陪伴着喀纳斯湖。

我只是一个匆匆的过客。但是能有两天朝夕相处，已经是那样的奢侈，也是那样的有福了。

归程里，有上千只羊挡住了去路。土著的土瓦人男女牧者，骑着骏马向着我们盛开着笑意。司机微笑着，耐心地等待着，绝不让喇叭响起。羊群里有三两峰骆驼，驼峰间竟围着细毛的毡，围成的毡筒里露出小小的羊羔的头。出生不久的羔羊，鼓起着嫩芽般的眼睛，好奇地张望着世界，流淌着纯真而又热切的柔和的光芒。我的心一下子化了，热热的、柔柔的、清清的，还带着如梦如幻的诗意的倒影……

雪　踪

冬渴坏了，人心都燥成了沙漠。

连雪都在逃离肮脏的雾霾。但是雪不也是充盈着佛意的莲花吗？我深信，仍有不怕牺牲的雪，满含着悲悯，从遥远的天宇前仆后继，跋涉而来。

雪终于到了这座小城。是在晚上，悄无声息地零零星星，若有若无，碰在脸上，丁点凉意稍纵即逝。期待得太为久长，连期待都疲惫不堪，我对雪倒生起着怜惜，知道这些零星的精灵，只是最后的幸存者，强弩之末罢了。不忍看雪的难以为继和到世即刻化为无的惨淡，也就早早地睡了。

第二天清晨，雪竟落了个满世满眼，且还有雪花在空中摇着不急不躁的舞步，纷纷然从容而至。

久违后的清冽洁净的空气，直透胸臆，让我终于可以深长畅意地呼吸。我感恩这小小的雪花，是它们抱着以身饲虎的慈悲，决然投身在污浊里，擦拭、吞咽、吸附、抵抗，只为让这污秽的人间重新燃起关于干净清洁的希望。

所有树木的枝杈上，都栖着洁白的雪，犹如栖着一个娇嫩温柔的梦。红星路平日里枯黄粗大的梧桐树枝丫上，抱着的雪仿佛让树有了欲飞的感觉，仔细看雪与枝丫的交结处，又洇着湿漉漉的水痕，好似树也在激动里哭了。

那丛竹子已经被叶上的雪压弯，剔透里正溢着难掩的喜悦。叶有青有黄，都托着晶莹的雪，有一种清气向四周弥漫。我停下来，看见竹竿在微风里悠然自得着，举着雪的叶便玉翠般稳妥地轻轻俯仰，露着一种柔韧与弹性。

早已层层蒙尘的塔松，次第披雪，突然精神起来，也庄严起来，好像一架架可览九天的云梯。平素不起眼的冬青，擎着雪、噙着雪，让腴胖了的喜悦绽放。光河岸边系着护索的矮矮的石柱上，嵌着均匀的白雪，令这些石柱平生了毛茸茸的温情与胖乎乎的娇娆。举目四顾，想到扬洒有致的雪，一定会凌空欣赏自己在城市的万千房顶，造就一种人迹罕至的静美，那种如深山幽谷般的孤芳。

大运河东岸上的那片石头，也在瑞雪的覆拥下，显现着柔媚与亲切。这是些曾经以海为家的石头，不知被谁生硬地流放于此。雪就会融化，哪怕涓涓纤纤地流进运河，也能曲曲折折地走进黄河与长江，再寻见那遥远的大海，带去这些背井离乡的石头的问讯与体温。

急切的车轮，早已将累了一夜的雪碾成泥浆。我似乎听到了雪的叹息。但是无声的雪执拗地下着，点点片片，摇曳着，粉碎在车轮滚滚的路上而不悔。道路却会记得：梨花般纯洁的雪来过。就在第二个下雪之夜，有三个写诗的男子，在这个小城的雪幕里，行走不已，在各自的心怀里，种下雪的灵魂。那个瘦骨如铁的男子，就在雪越下越紧的时候，朗诵起一位女诗人关于雪的诗句：如果注定堕落 / 谁的身姿像你那样轻盈 / 自我们不可抵达的高度 / 缓缓而降。此刻，我看见纷然的雪飞舞在路灯的光晕里，火的精灵一般，闪烁婀娜，轻盈妩媚。

雪霁，去太白湖的雪中寻访冬荷。

清脆的踏雪声里，竟有绵软的意味从脚心直达心底。人在雪的大地上留下清晰真诚的脚印的同时，雪不也在人的生命里留下了不朽的美妙的印痕吗？雪中的芦苇，在冷风里举着思索的头颅，飘起如鞭的苇穗，倔强而又淋漓。芦苇的身旁，狼藉着一片片残败黑灰的冬荷。具体到每一株冬荷，乍看颓败，却陡生出别样的美来。肢折头断着，却又各自挺立着、沉思着，即或落寞与忧伤，也让不死的梦于冰雪之中酣畅地布成阵仗。雪的对比与映照之下，它们哪里是残，简直就是上帝之手画出的杰作：折了的干或断了的头，优雅地抵向冰层水面，并与水与冰中自己的倒影创造出圆满和谐的图形。这图形奇妙异常，水中冰里的倒影灰幻灵动，冰与水之上的则黑实有力，真是亦真亦幻，绝非人工所能施为。就是沉沦于水底、看似腐败的荷叶，也在水中冰下不顾一切地舒展着，仿佛正如大地击掌。蜂窝般的莲蓬个个低着头，空空如也。但是这些密密的巢，曾经是诞育的子宫，空了又如何，空空如也里正有着酣畅的梦。即使有奇旱与杀戮，越过千年的一粒古莲，也会爆发出嫩绿的新荷。

雪，沉着又深情地守护着这些尸体一般的冬荷，耐心地期待着信任地等待着。雪知道，在这些看似破败的冬荷之下，是它们龙蛇一般遒劲的生命，定会在下一个夏日，向这个污垢的人间，挺起蓬勃而清新无比的自由的生命。

今夜有月，在冷冷的天上挂着。是荷是雪？有暖意与清香在心头游走。

云台山之梦

去过河南修武的云台山，印象最深的是它的水，到处都有水的鸣唱，似乎沉重的山体都因为这些轻快的鸣唱而轻灵起来。

再去云台山，路上就与文友们说，云台山啥都好，就是缺少古木。到了修武，又说起这个话题，当地文友也不无歉意地承认，没有古树真是云台山的一个缺憾。

不抱希望，倒能坦然地观察寻找别的风景。特别是红石峡，迭现的景观真有些让人目不暇接，也就将古树的事忘却得一干二净。

顾名思义，已让人想见这条峡谷石头的颜色。真到了眼前，还是出人意料：紫红色的岩石，千层饼般叠摞而起，整齐壁立得犹如谁用巨刀切成一般。却又不见分毫石头的冷漠，那种红润，那种柔和，还有一种暗藏的光泽与弹性，真像美人的肌肤，触碰间似有一种可以洇漫开来的体温在。

摩肩接踵的人流，正好随了我流连慢行的心意，人群全都略去，就剩我与峡。立陡如劈的崖壁上，偶有山枣于层与层的皱褶处，伸出着虽瘦却劲的身体，在紫红的悬崖上汪着绿意。还有野藤，从山体的的根处沿着崖壁向上、再向上地生长着，弯曲如蛇如龙，默无声息，不依不饶，攀缘在压缩的时间里。我突然感到一些奇怪：没有雄鹰在崖壁间回旋，甚至没有一声鸟叫。问询后才知，云台山没有虫子，也就绝了鸟的身影。

不知是在红石峡的何处，在我举手可触的左方的崖体上，竟有一株身高不足四十厘米的树木，斜着逸向空中。如流的人群蠕动着，我成了流中不动的砥石，只为了这棵树。谁知，树的身旁，还有一方小小的牌子，上面郑重地写着：请爱惜古树。

我惊呆了，这是世上身材最矮最小的古木了吧？

树身就是一坨蕴涵无限的碗口大小的疙瘩，与山石一样的颜色，灰里透着微微的紫褐。这疙瘩是在与整个山体分庭抗礼吗？疙瘩的后面，一条细长的裂隙纵在岩壁上。我轻轻地笑了，知道这疙瘩的身后是强劲的根，裂隙就是被它的根咬开的，为自己咬开一条自由呼吸、接通水分的空间。整棵树只有两条枝向着空中伸展，虽然只有一拃多长，还是两条拧在一起，曲折地长出，却有几十枚翠翠的小叶子，蓬勃在枝上。山体的重压之下，即使将树身压缩成一个千年不化的疙瘩，即使树枝曲折地拧在一起，也还是活着、抗争地活着、独立地活着。多少个旱季？多少阵风雪？还有人祸，我看到，本该是三条枝杈，那条死去的枝干只在疙瘩处留下了一处火烧过的黑疤。轻轻地摩挲着那处黑疤，我突兀地想起那个小个子的鲁迅。

对于我的挡路，已经引起了怨声。只好依依惜别。走远了，就要拐弯的时候，我忍不住回望它，哪里还能见到它的身影？但是，我犹如看到，有一只鹰，正飞掠在峡谷间，检阅着四亿岁的奥陶系石灰岩、五亿岁的寒武系石灰岩、十亿岁的紫红色石英砂岩和三十四亿岁的锆石岩。

回来，一个熟睡的夜，有梦。梦中的云台山寂静无人，半个月亮幽幽地照着，我一个人一阶阶地走在红石峡里。月亮眼睁睁地看着，我走近那棵古木，抚摸间，自己竟然化为一个与岩石一色的枝干，长在那个黑疤处，还有几片翠翠的叶颤悠在枝梢头。

六盘山上

雨渐弱渐歇。

六盘山隐约在云雾里，雄伟宏大中便朦胧着一种似乎可以飞翔的缥缈与轻柔。大片大片的白色山花，烂漫在山谷里或山坡上，更将五月的六盘山皴染得风情万端，并在灰蒙蒙的天地间绽放着迷人的亮色。刚在想这是什么样的野花，恣意得瑞雪一般，天上便真的飘摇起零零碎碎的雪花，心上就有了与这座山灵犀相通的欣喜（后来是六盘山下羊槽村九岁的马建伟告诉我，这如雪的山花，是酸梨花）。

一定要登上山顶，踩一踩八十年前那群衣衫褴褛者的足迹，还要沐一沐当年被红旗漫卷的西风。

谁知刚到山巅，扑面而来的，竟是北风挟裹着飞雪，“搅得周天寒彻”。二十块钱租了件军用棉大衣穿上，还是冷得不行。只是在默默地感受当年长征者胜利的所在时，似乎这乍来的风雪，倒成了一种洗礼。秦皇汉武，直至成吉思汗，这座山，曾经接待过多少雄杰？他们一个个都成了历史烟云，而这座山却不动声色地活着自己的岁月。与这座山相较，人间的不朽几乎就成了儿戏。

但是这支长征的队伍，却与那些历史的过客都不一样。他们不只衣衫褴褛、面黄肌瘦，他们还是被围剿被追击、被压迫被欺负到就要走投无路的人。可是他们又是中国有史以来从来没有过的军队，一支有理想有抱负、将生命之根深深地扎于大地的共产党人的军队。六盘山红军长征纪念馆里，记载着那时的红 25 军对回民的“三大禁条四项注意”——禁止驻扎清真寺，禁止在回民家中吃大荤，禁止打回族的土豪；注意尊重回族人民的生活习惯，用回民水桶在井里打水，回避回族青年妇女，实行公买公卖。共产党人的纪律多么严明。山也是通人性的，六盘山，也就成了这些衣衫褴褛者的一方福地，给他们一个天高云淡的日子，让他们的领袖“望断南飞雁”，并见证了他们一步步走向胜利。

风劲雪急，天地一片迷茫。不长的时间，纪念馆前面的广场上早已被雪覆盖。想穿过广场早点下山，竟是仰面朝天结结实实摔了一大跤，才知后脑勺着地的厉害。站起来，倒先笑了，知道六十几岁与山相比还是个娃娃，不怕的。再遥望周遭，群峰隐约，胸中陡生了几分豪气。

就记起前一天在西吉县红军长征将台堡纪念园见到的冷清。大大的门锁着，锁着的门后面，伟岸的纪念碑矗立在晴空下。喊开门，纪念园主任单志敏见我那样专注于往昔的红军，便主动打开纪念碑后的纪念馆，一一介绍当年红军的物事。他说，当年毛泽东与阿訇秉烛长谈至深夜的地方，就在他老家单家集清真寺，与他家只有一墙之隔。朴实的老单与女儿单小花共同管理将台堡红军长征纪念园，拿着不多的工资，却尽心尽职，再是冷清，依然晨昏洒扫，四季不见懈怠。与老单握别好久，在飞驰的的士上，我脑海里还一再重现纪念馆院中的那池水与水边墙上镶着的四个大字：饮水思源。饮什么水？思什么源？默然的六盘山告诉我们，饮的是百姓的水，思的是人民的源，千万不能颠倒了。

还有，将来还会有那样的长征吗？又会是怎样的长缨怎样的苍龙？

野荷谷

一生喜荷。生活在微山湖畔，年年十万亩莲荷的芬芳，就会将人沁浸得仿佛连细胞都染上了荷香。夏荷去了，又会与风雪中的冬荷亲近，观察它、疼惜它、爱慕它。

爱荷及荷，盯上宁夏泾源的野荷谷，也有好多年了。荷是野生的，又藏在深谷中，真正的心仪，真正的向往，以致前去相会竟成了我的多年夙愿。但是见它真难，千里迢迢，急切切地赶去，租下的车深入山谷好久，还是不见它的踪影。竟又碰到多处修路，泥泞不堪，还有中断处，一旦误车就会在深长的幽谷里过夜。的哥李纲犯难了，听我说步行也要走进野荷谷，干脆横下心来往前闯。功夫不负有心人，就在我没有任何准备的情况下，野荷谷竟然静静地迎在面前。我急切得心潮起伏，扑进去，一棵棵、一簇簇，一片片的野荷，就在谷中的溪边、石旁、崖下，顶着洁白的雪，恣肆地青绿着蓬勃着自由着。静幽幽的山谷、泼辣辣的生命，沐在其中的灵魂有了从未有过的震撼，全身好一阵触电般的战栗。

一个人走进野荷谷。迤逦数十公里的野荷谷只有我一个人。一谷的野荷，没有拒绝披着一身尘埃的这个凡俗的人，这是怎样的一次一生不能忘怀的奇遇？这是怎样的一个会影响生命走向的约会？我仰望着谷顶已经放晴的天，感恩着上苍如此厚重的馈赠，心便随着覆在野荷上的雪一起，融化开来。

有高陡的深山与峭壁夹着，仅十几米宽的幽谷为什么没有窄狭感？原来，是野荷将天地的宽度浓缩在了自己圆阔的叶上，并将一种从容与自在弥漫在山谷中。就连刚刚落积在它们身上的雪，也成了一种俊美，让野荷平添了几分娇柔童趣与大自然原初时的圣洁。虽然似乎没有尽头的野荷总在前方吸引着我，让我一次次怀着惊喜疾速地向前，但我还是忍不住屡屡停下来细细地阅读一株又一株的野荷。荷的莛是粗壮的，没有刺，呈着淡淡的紫红；青白的叶的背面上，有浅红的叶脉，让我感到仿佛有血在流动。有的在腋处生出小荷，正旋着嫩嫩的皱向上蹿着；有的则正萌着米粒状的幼荷，透着不可遏阻的生机。

生在溪流之侧，水便是野荷的“土壤”；生在悬崖之下，石头亦是野荷的“土壤”。当然也可以生在谷中的土壤里，这土壤就成了野荷灵动生长的“溪流”。可以单株存在，却没有什么孤独，叶上茎上绿着红着莹莹的自信与快乐。也能成群结队，浩荡成野荷谷里独有的奔腾与广阔。感动里，又悟出这种浩荡又与我们常见的不同，没有丁点儿盲从，也没有丝毫的裹挟与躁动。细细体察，原来在这浩荡里的每一株野荷，都独立着、平等着，也自由着，各自保持着独特的美好，也各自葆有着独特的个性。

毕竟已近初夏，金子般的阳光，亲亲地吻拥着野荷谷，树上荷上的雪不觉间就融化开来。万般寂静里，真正的天籁正漫上心头：婉转而妩媚的清溪，于或急或缓的冲动里发出清亮的脆响，犹如敲击着瓷器玉器，嬉笑追逐；而偶尔发出的瓶口灌水般的“卟噜”声，一定是溪水挤过小洞时的动静。路两旁松树上融了的雪，变为大的小的水滴，在水泥的路上弹奏出或疏或密的滴答声；砸在小草的头上，小草便于一声微小到几近于无的“啪”声里，激灵抖动一下全身，便仰起快乐的脸庞；掉在红的岩石上，摔碎成星星点点阳光的笑靥，好像还颤悠着磬的余响。野荷上的雪没有踪影的时候，每一枚湿湿的鲜洁的荷叶，都抖擞着清爽着精神。而松树上恋慕的水珠，敲在大大的荷叶上，就有了一种“嘭嘭”的鼓声，动人心魄。

野荷绝不寂寞。一身洁白的桦树，绿如初生的松林，如讷言的君子一样的岩石，以树为家的小鸟，天上在风中快走的玉样的云彩——当然还有总是相伴不离的溪水，都是野荷的知音。它知道有一种松树的叶特别鲜亮，那看似针样的松叶，其实很柔很软，轻轻地搦搦，如绸缎一般。它知道溪水的每一处拐弯的姿势，它知道每块岩石的性格与表情……没有污染，没有干扰，万物都在这里自由和谐地生长。野荷谷，正诠释着大自然原汁原味的味道，而一谷的野荷，也为世界的植物树起了一个典范。有人称这种植物为“大黄橐吾”，但我还是愿意尊它为荷，一种天下珍稀的野荷。

野荷知道我分别时的不舍，也等待着再次相约。

第五辑　历史人物

去见阿炳

我宁愿走向黑暗，去与你相见。

即使让我白发如雪，我也愿意，只要我能与你生在同时，亲耳听一次，从你手指间流淌出的《二泉映月》。

但是，这一切都是不可能的了。甚至连你当年生活的细节，也都早已被时间的水流，无情地冲走了、淹没了。阿炳兄弟，你可知道，一颗悲苦的心是怎样地想念你吗？把我的心捻作你的二胡之弦，如泣如诉地拉奏吧，那上面，正战栗着与你心的和鸣啊！

饥饿。连衣服也难遮体了。还有寒冷和寒冷中无妻无后的孤独。北风、雪、破败的道观中凄清的长夜，更有疾病频频袭来，一只眼睛瞎了，又一只眼睛也瞎了，双重的黑暗，无理地降临在你的壮年。活着，竟是这样的艰难与无趣吗？人，竟会这样的无依无助吗？天亮了又能怎样呢，炎凉的世态不是与这黑暗的夜晚一样冷漠吗？而且天亮了，被欺凌的人的尊严，更会被羞辱在光天化日之下。绝望，比双重的黑暗还要沉重地压迫在你敏感的心头，或许，你想到了死。

但是，黑夜惊诧了，它突然看见绝望的手握住了那把破旧的二胡，已经被冷风舔僵的手指，困难但却沉稳地放在了那两股静默的弦上。弓，悄然拉动。

把人世间的痛苦与悲愤，还有哀怨与忧伤，尽情地作一次倾倒吧。

它呜咽着，从一个流浪艺人悲凉的心田里流出，流向无锡的大街小巷，流向一个又一个也是充满着痛苦与忧伤的心灵。只要是满含悲辛的心灵，哪怕漂泊在天涯海角，也能听懂它，立刻与它相通，并让或干涸或冰封的心灵之泉水重新喷流，从而汇聚成浩渺的湖泊。这是善良但却因此承受着悲剧之痛的心灵上自然存在的泉水啊，只要它流动着，让痛苦与痛苦相融，痛苦便会升华为一种博大的抚慰与深沉悠长的感动，从而涵养出一种至善至美的高贵的心性。

这是中国百姓的痛苦与悲愤、哀怨与忧伤，这是一个中国流浪艺人的痛苦与悲愤、哀怨与忧伤。它呜咽着，从无锡小城的街巷间流向一个又一个无依无靠的心田。

仅仅是这些吗？不，不，我分明看见，带着追寻与向往、渴望与呼唤，一个饱受命运欺侮的人挺起胸膛，一颗痛苦的灵魂，点燃在黑夜里……

原来黑夜是可以变作燃烧的炭的，缕缕暖意，怯怯地，但却是坚决地弥散开来。还有光明，动情的光明，羞涩地，又是慷慨地叩动一扇又一扇被漆黑抵紧的心扉。当然还有爱，爱的欢乐，由清清的溪水和着亮亮的月光，酿成甘洌的酒。冻结的心在缕缕暖意中苏醒，被黑暗魇住了的梦，也长出月光样的翅膀，向着光明飞翔。叹息与呻吟，都在爱的阳光下化作颂赞与歌唱，花儿笑了，鸟鸣蝶舞着，痛苦透了的人生，沐浴在欢乐之中！

于是，冰封的中国有春水蜿蜒；半轮明月，穿透浓重的云层，照临冷酷的人间。

你不可能想到，一个盲人在街巷间所拉唱的曲子，会成为世界经典名曲并让世界为之感动。你更不会想到，连最起码的人的尊严都难保全的一个流浪的民间盲艺人，会是一个让全世界都尊敬爱戴的大师。数千首曲谱在你胸口翻涌，在你指间流淌，只是你生命的响声和生命的需要，欢乐也罢，悲伤也罢，都自然地生长成千变万化的曲谱，一如一腔的鲜血在周身搏动。只是那心怀格外敏感格外广大罢了。你用宽容面对接踵而至的厄运与打击，并将对世间痛苦的感应、理解与同情，全都化为潺潺流淌的乐谱，抚慰伤痛，润泽众生。你已经是幸运的了，这数千首曲谱毕竟还有六首被抢救、保存了下来。从古至今，在黄土之中，该会掩埋着多少自生自灭的英才啊。当然，这也是人类的幸运，能够一辈又一辈地聆听你的《二泉映月》。

我似乎看见，你已经瞎了的眼睛里，正盈满泪水。

阿炳兄弟，在你与泪水一起涨潮的乐曲中，我还分明听到深沉的感激。你在感激什么呢？是感激上帝赐予你的神弦，还是感激那位女性、那位在你失明之后一直陪伴你到死的女性？不然，你的乐曲声中，怎能如此地充满着女性的柔情与美丽呢？她看见了你，她听到了你，她就来了，与你为伴，也与你的一切痛苦与灾难为伴。寡言、贫穷、疾病、世人的白眼，甚至脏与丑陋，她都宽容地收下。她只把胳膊连同女性的温存和她的生命伸给你，平静地说：咱们往前走。当疾病夺走你的生命二十八天之后，她处理妥你的后事，也便平静地追随你去了。你的灵魂，是安息在你的音乐之中，也是安息在她那博大、宽厚的情怀之中。

你与你的女人，不仅让我见识了人性的美好与善良，还让我领略了博大胸怀的壮丽与锦绣。狭小的心胸，一块小坷垃就会让其堵塞窒息。只有博大、宽厚的胸怀，才能容纳众多的山岳、湖泊与森林。而人生的美丽与否，恰恰就在其一望无际、丰富多彩上。如果人生的价值可以衡量，那就看谁能在自己生命的旅程上创造并为后人留下更多更高的山峰和更多更大的湖泊与森林，尤其是不易磨损的精神上的山岳、湖泊与森林。

走进《二泉映月》，湖泊与森林层层环绕着的，正是一座直插云天的青峰。

李白之死

“谪仙醉后云为态，野客吟诗月作魂”

——唐·吴融《题兖州泗河中石床》

犹如生是每一个人的权力一样，死也是每一个人的权力。公元762年晚岁，这个死的权力就要降临到李白的头上了。重病、衰老、获罪、流放、穷困、孤单，共同凝结成“死”的阴云笼罩着六十二岁的李白。

死神虽然气势汹汹，内心却在胆怯着，就为了李白那依然不见消歇的英雄气概。

朝辞白帝，暮至江陵，驾轻舟一日千里，连野猿的啼叫都成了生命的歌唱，这哪里像一个戴着“叛逆”罪名的将死之人，简直就是一个意气风发的青春少年！那挂“飞流直下三千尺”的庐山瀑布，不就是他在暮年时分从九天银河一手牵下人间的吗？这是激情的瀑布，这是豪情的瀑布，这是美的瀑布，一千四百年过去了，这挂不老的瀑布依旧弹奏着山河与人心，令山河与人心都涨满着激情的憧憬。中国文人们不是一片悲秋之声吗？悲命运的乖蹇，悲生命的短暂，唯有李白，把秋日擦拭得如自己的心怀一般亮堂透彻，就是老了也还要率真地“我觉秋兴逸”，歌唱秋日的灿烂与欢喜（《秋日鲁郡尧祠亭上宴别杜补阙范侍御》）。人的头发白了掉了，犹如树叶黄了落了，谁见过树木因为落叶而对秋天怨声载道？没有。那么人就更没有工夫怨声载道了，哪怕死神明天就来，我也要把今天过得“青枝绿叶”。当然，返青的枯草，也不用感谢什么春风，更不必三呼万岁了，只要自己的根上始终留存着翠绿的理想，就是千年的冰霜，又怎能阻挡住萌绿的脚步？

这就是李白，老了仍让飞扬的情思驰骋于天地之间，老了仍让生命的脉搏海涛般激荡。

安史之乱爆发，国难当头之际，皇帝唐玄宗领着老婆大臣，带头弃京逃跑；老年的李白却置陷在山东战火中的子女于不顾，披挂上阵，于五十七岁的时候毅然参加到永王平叛杀敌的队伍。谁知一腔热血竟遭当头冰水，经过了下狱流放，经过了乞讨江南、无可归依，李白离死亡的终点越来越近了。公元761年的秋天，史朝义叛焰复炽，太尉李光弼出镇临淮。平叛的大业再一次在李白的胸中激起万丈雄心，已经六十一岁的诗人竟然在重病之中再度请缨。请看他的这首诗吧，光是题目就让人魄震魂撼：《闻李太尉大举秦兵百万出征东南，懦夫请缨，冀申一割之用，半道病还，留别金陵崔侍御十九韵》。

这就是李白，这就是临近死亡的李白，仍然一手仗剑，一手持笔，仗剑能“为君谈笑静胡沙”（《永王东巡歌十一首之二》），持笔则“兴酣落笔摇五岳”（《江上吟》）。而且以死为背景，他似乎看清了生的全部美妙，满眼满怀的世界，都沐浴着生的绚丽、生的深情、生的盎然与智慧。夕阳即使如小小的蜡烛头一样的短暂又何妨？明天早上，新的太阳又会从东方升起，旭日之下，便是那生龙活虎的百川永不停息地奔向大海。于是创作的欲望在他苍茫的胸怀里更加汹涌澎湃了，久违的家乡也在他生命的尽头生成一片蝶飞蜂闹的春野。

是什么让他“一叫一回肠一断，三春三月忆三巴”(《宣城见杜鹃花》)？那是家乡的子规鸟在叫、家乡的杜鹃花在开啊！它们开在李白醒时的瞭望中，它们叫在李白梦中的相思里。多少回，他想一吐想家的情怀，但是他怕那情意缠绵的巴山蜀水羁縻了自己飘然远行的脚步。多少回，那浓浓的相思已经鼓胀得心口难受了，但他还是默然地忍着，他怕一旦点着便会燃成漫天的大火。而今，来日苦短，家乡苦远，那就一吐为快，让巴蜀与游子在他的诗中痛快地拥抱吧！

对于李白，死神也许只有感动。让死神感动的，还有李白的痛苦。他的痛苦，是壮志难酬、报国无门、志士蒙羞、又逢绝境的痛苦。

浔阳的监狱和夜郎的流放，彻底粉碎了李白的卿相之梦，他一定是无数遍地咀嚼过司马迁的话了：“文史星历，近乎卜祝之间，固主上所戏弄，倡优畜之……”而身体的迅速衰老和已入膏肓的疾病，连他最后的希望也彻底破灭了。早已是无家可归，所依的本家当涂县令李阳冰也就要退隐，还有肝癌后期难忍的疼痛。白发委于枕上，曾经容纳着一个宇宙的头颅里，似乎有出世、入世的两个李白在打架：一个是“谪仙人”，可以“戏万乘若僚友”，可以“一醉累月轻王侯”，可以“凤歌笑孔丘”；另一个则是早年常求人荐引，晚年常求人接济，到头来却落了个万里天下却没有他李白安身立命的立锥之地的境地。“人闷还心闷，苦辛长苦辛”(李白《江夏赠韦南陵冰》)，痛苦的李白痛苦到了精神崩溃的边缘。

此刻，李白想起了他的诗。

想起了诗的李白陡然坐起，长长的白发如瀑布般泻下，峭壁似的头颅，一丝灿烂的笑意开在唇上，两目炯炯有电光石火，眉宇间又亮堂起逼人的英气。一篇篇的诗章，犹如一条条的江河扑面而来，在他的胸际汇聚、喧嚷、奔突，积蓄为波澜壮阔的诗的海洋。啊……啊……这就是我李白的生命了！天下伟大能几人，我李白就算一个。死，来吧，你来一千次一万次好了，我的诗歌照样活着！我这个顶天立地的人如青青的山峰般站着！人不能活在坟墓里，不能活在碑石中，甚至也无法活在钦定的史书上。人要活在世上，活在世人的心中，活在世人心中的爱戴里。那么，我李白就要永远地活下去了。来来来，皇帝老儿，咱们比试比试，你有你的江山，我有我的诗歌，看看咱们谁拥有得更多，看看咱们谁能真正的不朽。当你的江山社稷已成累累荒冢的时候，我李白诗歌的海洋还照样波翻浪卷、吐日映月，“屈平词赋悬日月，楚王台榭空山丘”（李白《江上吟》）！

连李白都被这诗的海洋惊诧得有些不知所措了。他握着死神的手，豪迈地说：伙计，稍等，让我再挖出一条河来。剑在靠床的墙上，笔在床头的几上。李白望了一眼墙上的剑，伸手拿过毛笔，手不停辍地写下了他的最后一首诗歌《临终歌》：“大鹏飞兮振八裔，中天摧兮力不济。余风激兮万世，游扶桑兮挂左袂。后人得之传此，仲尼亡兮谁为出涕？”写罢，高声朗诵一遍，连同他十不存一的诗稿一并托付给了族叔李阳冰。

剑就挂在墙上吧，连笔也掷于几上。李白高举起酒壶，将仅剩的酒一气喝尽，便乘着月色，微仰着头，朝着长江滔滔东去的地方飘然而去了。“旷然小宇宙，弃世何悠哉”（李白《游泰山六首》）！今夜，李白感到了从未有过的轻松。

三十七年前，二十五岁的李白就是作罢《大鹏赋》才一举冲天出蜀去的。而今，这只大鹏又要飞往何方？

没有了钱的束缚，没有了功名的束缚，没有了家庭的束缚，甚至也没有了诗与身体的束缚，彻底解放了的大鹏，今夜要真正自由地飞翔。

凉凉的江风吹在热热的脸上，犹如清朗的风鼓在远游的帆上。白发皑皑，月光溶溶，闪亮的眸子映着不老的河山，天、地、人便在这安详生动的月色里融为一个和谐美妙的生命了。

一种从未有过的欢乐，潮水般漫过了他那曾经伤痕累累、痛苦万状的心灵。

李白看到了一江的美酒，美酒的波纹间，正闪烁着那轮万载常新的月亮。一个透彻光明的人间，一个透彻光明的天地，一个透彻光明的李白。在这光明透彻的夜里，李白张开双臂，向着美酒含月的大江、向着江中的那轮光明透彻的圆月，扑去！李白醉了，天地醉了，人间醉了……大地已成子宫，江水即是羊水，重生为婴儿的李白正乘着月光飞升，每一片月光都是一枚银光闪闪、剔明铮亮的羽毛。

记住这个时刻吧，公元762年阴历十一月的一个月圆之夜，中国安徽当涂采石江上，一个无比欢乐而又无比痛苦的灵魂，将死亡也解放成幸福的诞生与自由的飞翔。

王洛宾与五朵梅

多年之前，我的一位学生遽然离世。以后每年他的祭日，我都会去一个陌生但却宁谧的地方，静静地思念。今年，我去了宁夏固原，宁谧之外，还浅浅地又刻骨地领略了一种圣洁与博大。

雨越下越大。

来到六盘山下一个叫和尚铺的村庄里，与王洛宾与五朵梅见面。透过急速摇动的雨刷，远远地就看到了雨中的他们。的哥李纲劝我不要下车，说在车里看看就行，不然会被淋坏的。我不听，就站在如泼的冷雨里，静静地与他们相晤。才五年的时间，晶莹的汉白玉雕像，已经蒙着一层人间烟火的家常。整个“王洛宾文化园”，再没有其他游客，这让我更能专心地泛舟在历史的长河里。

1938 年 4 月 24 日，也是这样的大雨，西北抗敌服务团二十四岁的王洛宾和妻子洛珊、作家萧军、戏剧家塞克、舞台灯光师朱星南，就住在了和尚铺村唯一的客栈里。是店主五朵梅的歌声——“六盘山花儿”让他们度过了一个终生难忘的夜晚。“走哩走哩走远了 / 眼里的花儿飘满了 /

哎嗨的哟 / 眼里的花儿把心淹哈了 / 走哩走哩走远了 / 褡裢的锅盔轻哈了 / 哎嗨的哟 / 心里的苦痛重哈了……”苍凉，忧伤，抒情，苦难，幽默，朴实，坚强，这个叫五朵梅的固原女子唱的花儿，带着大西北的魂儿，深深地震撼了王洛宾一行。直如一道闪电刹那照彻了心腑，闪电瞬间化作一把钥匙，让王洛宾一下子窥见了中国民族音乐无限的魅力。这个不识字的五朵梅，就是他的老师了，王洛宾听着记着，自己的灵魂便融化在这大西北的花儿之中了。

始料未及，就是这个固原女子与她的花儿，彻底改变了他的一生。曾经热爱着西洋音乐并准备去巴黎学习的王洛宾，终其一生，再也没有离开过大西北。晚年的王洛宾经常和儿孙们说起：改变了我一生命运的，是在大西北碰巧遇上的五朵梅。

雨没有停歇的意思，这可是 1938 年的那场雨吗？展厅锁着，展厅后面的五朵梅客栈也锁着，只有站着的五朵梅与手持笔记本坐着的王洛宾，在六盘山下的大雨里生动而不朽。我默诵着王洛宾的那句家训，“只有真正懂得悲哀的人，才能得到真正的快乐”。他与他的大西北一起，是经历过大苦难大悲哀的，也正是在这种大苦难大悲哀之中，才诞生了激荡着生命欢乐的经典音乐。他曾在国民党的监狱里度过整整五年的时光。这才是个开头，接着，他又在自己人的监狱里度过十五个春秋。他曾经绝望地自杀过，觉得十五年的徒刑是多么难以熬过。他曾经精神失常过——那是他记满着从犯人们口里心上搜寻到的民歌的本子被军代表付之一炬的时候。他哀求着：“不要烧，不要烧，那里面有《十二木卡姆》！”“什么《十二木卡姆》？都是封资修的东西，统统烧掉！”他是眼看着被大火吞噬的本子口吐白沫疯了的。疯了，还自言自语着：“完了，完了……”但是王洛宾奇迹般地活了下来，是五朵梅与她的花儿救了他，是音乐的河流穿过他与民族的苦难，抵达一个深重而又阔远的境界。

当《在那遥远的地方》《半个月亮爬上来》《达坂城的姑娘》《阿拉木汗》《掀起你的盖头来》《可爱的一朵玫瑰花》《玛依拉》《青春舞曲》《在银色的月光下》等，已经成为全人类共同的精神瑰宝的时候，我们应当永远铭记使这一切成为可能的这位固原女子与她的花儿。

虫圣法布尔

假如我是一只虫子，我不会对轻蔑我们并且常常伤害着我们的人类抱有怨恨，甚至还会对自私的人类怀着一丝希望，因为人类里有一位观察我们理解我们赞美我们也爱着我们的人，他叫法布尔（1823—1915），一位写出过十卷本传世经典《昆虫记》的法国作家。

中国没有这样的作家。世界也只有一位这样的作家。

他是一位没有想到要当作家的作家。他只是迷恋着他的昆虫世界，发现，欣赏，感悟，记录，一年又一年，直至终老。

出身贫寒，又没有任何家庭背景，法布尔曾经尝遍人生的难为与辛酸。穷困，穷困到不求借便无以为继。想走上大学的讲坛，可是即便自学获得博士学位并发表了重要的科学学术论文，甚至被写下《物种起源》的达尔文称赞为“难以效法的观察家”，也不能对他有所帮助，他终究还是无法逾越偏见、保守与嫉贤妒能的鸿沟，被法国政界与知识界的权贵们挡在大学的门外。当他知道就是因为贫穷和地位的卑贱而将永远被拒之大学门外的时候，他说“我的心碎了”，他说“不堪回首”。

可是，他的昆虫们不是更加地卑微、更加地被轻视与被污辱被伤害着吗？于是，这个从乡间出来的卑微的小人物，也就更多地将自己的情感与智慧，倾注于揭示昆虫的社会、昆虫的生活（昆虫喜怒哀乐、婚丧生育、生老病死）。他要向人类展示，展示这些弱者们尊贵的生命和生命中蕴涵的无限丰富甚至广阔壮美的内容。

为了他的昆虫世界，他走了一条与众多知识分子相反的路线：从城市到乡村。贫穷的法布尔，于五十二岁那年带着全家，坚决地离开嚣闹的城市，在贫穷的乡村买下一块土石杂集的荒地，建成一处研究昆虫的基地——也是一处昆虫乐园——“荒石园”。从五十二岁，直到九十二岁生命的终结，这个清静、清苦、清寂的老人，攥紧了自己生命的全部时光，融入昆虫的世界里，不让一丝红尘染身惹心，一本又一本地写下了二百四十万字的《昆虫记》。这是塑造并再现昆虫生命的丰碑，这是聆听并爱戴昆虫生命的史诗，这是体贴并尊重昆虫生命的缱绻的画卷。

《昆虫记》第十卷的问世，毕竟如一座大山的崛起，终于惊动了整个法国。仿佛在一个世纪长梦里醒来，法国人大惊小怪着一个乡下“荒石园”里，竟然藏着这样一个伟大的同胞。于是，铺天盖地的报道，充斥着颂扬之声的文章，争相树起的一尊又一尊法布尔的雕塑，那些曾经对他的卑微长期表示鄙夷不屑的权要们，也让自己的小车拥挤在“荒石园”外。法国政府以科学院的名义授予他金质奖章，法兰西学院也不甘寂寞，竭力推荐他为诺贝尔文学奖的候选人。就连法国总统也带着一大帮随从前呼后拥地登门拜访年已九十的法布尔，神情激昂地颂扬他的功绩。

法布尔不管这些，好像这热火朝天的中心不是他而是另外一个与他无关的人。总统讲完，这个为人类打开昆虫世界大门的人，却茫然地问道：“我不知道，我跟他有什么关系？”至于那个令多少世界顶级作家朝思暮想、神魂颠倒的诺贝尔文学奖，甚至都不能在他的心上激起一丝丝涟漪。他还是拄着拐杖，拿着放大镜，去观察自己心爱的昆虫，并开始了《昆虫记》第十一卷的写作。他对他的昆虫与他的读者说，研究昆虫“是我一生得到的唯一的仅有的安慰”。至于这沸反盈天的热闹，心如止水的法布尔则不无调侃地说：“这些做法，也太‘神乎’了，他们爱怎么着就怎么着吧。”面对法布尔，被一级一级协会养着并被名目繁多的各种奖项网着的中国当代作家们，是否会有一些羞赧？羞赧我们气象的狭小与心地的躁秽？

唯一的法布尔，是不死的。他将自己的生命与《昆虫记》一起，化为一条摇曳有致的河流，长久地留在世上，浇灌人类干涸荒芜的心田。这条河流，是一条鸣唱着虫性之歌的人性的河流。它令丧失的人性重新回归，它让死亡的人性重新复活，并使其呈现出不言而喻的真理的纯真与美丽。这个法布尔，也是可以当作我们的老师的，就连我们的干部，不是也应当以他为师吗？从他的身上与他的《昆虫记》中，学习点尊重人、尊重人的劳动的人性、人味。正是他独自一人，孤军奋战，深入在昆虫的生命里，并让昆虫们告诉人类：“生命是我们这个地球上的灵魂，应当尊重一切生命，昆虫也与人类一样有着生存与自由鸣唱的权力。”

比如蝉，就是在笼子里将其囚禁一天，也会令这种“喜欢高飞”的昆虫郁闷而死。它要在地下的黑暗中生活四年才能破土而出，所以便对阳光有着本能的追寻，就是产卵也要产在向阳的地方。就因为要熬过地下四年的黑暗喑哑的炼狱，所以它才会让阳光下仅有的一个月时间的生命，全部用来“狂热”地歌唱（每天十二个小时）。为了自由地鸣唱与飞翔，它不仅要冲破大地的封锁，更要挣脱自身的束缚，总是义无反顾地从艰难而又痛苦的蝉蜕中获得最后的解放（民间俗语叫蜕壳）。因为，不能解放，就得死亡。细心到无微不至的法布尔，甚至发现，已经获得解放的蝉，就为了自由地歌唱，竟然能够将自己的器官压缩，为鸣唱的音箱腾出足够的空间。连续观察了十五年，才让法布尔对于小小的蝉的生命，有了透彻的了解与深切的领悟。浩瀚天空里的万里星辰，当然会让劳累着的法布尔产生愉悦的注目，但是，一只小小的蝉的歌唱，却会让他产生生命的悸动。爱着它们，所以他能够“看”到地下的蝉，为了冲破大地的封锁而进行艰苦卓绝的劳动。爱着它们，所以他才能够听懂蝉，“为了庆祝这得之不易而又如此短暂的幸福，歌唱得再响亮也不足以表示它的快乐啊！”

我们，曾经有过多少名目的“盛典”“盛会”啊！一只蝉，却用它“一个月在阳光下的欢乐”，作为自己生命的盛典。孰轻？孰重？孰伪？孰真？躲在乡间“荒石园”的法布尔当然是闭塞的。闭塞的法布尔却又通过他的昆虫，对于人类的命运有着通透的犀利的见解。相对于昆虫个体，也许我们人类的个体是命长的。可是早在人类诞生之前昆虫就已经在地球上歌唱着，而在人类灭亡之后，昆虫们必将还在地球上歌唱着。他不无痛惜地说：“总有一天，人类将灭亡，会被过度的所谓文明所消灭。”（《昆虫记·绿色的蝈蝈儿》）法布尔死去已有一百零三年了，而我们当今自然环境与人文环境的急剧恶化，也许正在验证着他的预言。

法布尔当然没有获得诺贝尔文学奖。那些诺贝尔奖的评委们还没有阅读完《昆虫记》，法布尔就已经安静地死去。为第十一卷写好的两篇，《菜青虫》与《萤火虫》，也只好作为《昆虫记》第十卷的附录。人死去，意未了，他在为全十卷精装本所写的短序里这样说：“阅尽大千世界，自知虫类是其最多姿多彩者中之一群。即使能让我最后再获得些许力气，甚至有可能再获得几次长寿的人生，我也做不到彻底认清虫的益趣。”

十九世纪、十九世纪与二十世纪之交，曾经是科学家、思想家、文学家交相辉映的世纪。达尔文、黑格尔、歌德、雨果、狄更斯、托尔斯泰……无不在人类的精神领域，留下硕大深刻的脚印。时间的淘洗是无情的，《昆虫记》却在全世界人们的阅读里常春藤一般地活着生长着，并且细致入微地影响着人们的心灵与趣味。如果没有法布尔与他的《昆虫记》，肯定将是人类一个不小的缺憾。

沙梅的“金蔷薇”

怎么也没想到二十年后的这个午后，约翰·沙梅的“金蔷薇”会依然向我盛开着，而且把那当年倏忽即逝的梦幻和一个纯真女孩充满期待的眸子，都保鲜在记忆里。

我轻轻抚弄着这本封面已经有些泛黄的苏联作家康·巴乌斯托夫斯基的《金蔷薇》，仿佛轻轻抚摸着我已经流逝的二十年的青春。这本二十世纪八十年代初六角二分钱买的小书，就这样重新激起我那新鲜而又沧桑的情感波澜。

《金蔷薇》是康·巴乌斯托夫斯基的一本创作谈。他用清新优美的散文笔法，以讲故事的形式向读者叙说自己的写作历程以及普希金、柴可夫斯基、屠格涅夫、托尔斯泰、雨果、莫泊桑、契诃夫等一些著名作家的创作活动。

巴黎清洁工约翰·沙梅的故事是这部书的开篇。沙梅是墨西哥战争中“小拿破仑”军团里的一名战士，还没上阵就害了病，只好回国。团长把他八岁的女儿苏珊娜托付给沙梅。归途中，大西洋蒸散着的暑气和枯燥的航行使小姑娘终日沉默。为了使苏姗娜快活起来，他讲了一朵金蔷薇的故事。一个小渔村的一位老渔妇，就是在极其贫困的日子里，也不愿卖掉屋子里十字像架上的那朵金蔷薇改善生活，就因为这是当年爱人送给她的“幸福”。多少年过去了，已经成为巴黎清洁工的沙梅，竟然在一个雾天的黎明里，又遇到了无家可归的苏姗娜，并听到了已经长大成人的苏姗娜的叹息：“假如有人送我一朵金蔷薇就好了！我记得您在船上讲的故事。”就为了这句叹息，沙梅便不再把从首饰作坊里扫出来的垃圾扔掉，他把作坊里的尘土装到口袋里，背回自己的草房里，还做了一个小筛机。很少人知道这些尘土里有一些首饰匠们锉掉的金屑。每天深夜，他都要把那些尘土簸来簸去，直到看见隐约闪现出来的金色粉末。

不知筛了多少个夜晚，这些星星点点的金色粉末终于聚成了一块小小的金锭，并最终被铸成了一朵精致的蔷薇。我不知道有多少作家从中获得了创作的动力与灵感，但是我相信，那高悬在无私的天空中的蔷薇花蕾，会感动和激励一代又一代善良、真挚的人们，去打造艰辛而美好的人生。沙梅死了，沙梅的“金蔷薇”却像酵母一样和进了平凡生活的角角落落，让原本僵硬的生活有了弹性，发生着崭新的变化。这无疑是上苍对于沙梅和像沙梅一样善良的人们的馈赠了。

时间真像一个无情的筛子，会将许多貌似的“美好”还原为尘土，永远筛掉。时间更是一个有情有义的筛子，能将真正的金子留下，铸成爱的“金蔷薇”。在红尘滚滚的世间，这种“金蔷薇”显得特别珍贵。

没有“金蔷薇”的生活是枯燥乏味的，没有“金蔷薇”的人生也会是充满遗憾的。这需要发现，金子往往就沉没在尘土中。发现不光是作家的特殊能力，也应当是我们大家都应当具备的能力，因为“金子”就在我们身边，就在我们自己的心中。不仅要能够发现，还要有耐心。约翰·沙梅哪怕稍稍松懈，这朵人世间最为动人的“金蔷薇”也就不复存在了。居里夫人的那一克铀，不也是这样的“金蔷薇”吗？她是从多少吨沥青中才提炼出的啊！

再过二十年，我的生命里，还会盛开约翰·沙梅的这朵“金蔷薇”吗？会的，一定会的。就是这样一个温暖的下午，我仿佛嗅到了雨中空气里飘浮着的水雾的清香，并感受到了沙梅带给我的心灵上的柔软。

提高现代文阅读和写作成绩的金钥匙

李木生作品
阅读试题详析详解

冬　荷

（1）冰掐灭了一湖的波浪。又冰上加雪。荷的尸骨就这样狼藉在冰雪的湖面上，肢折头断，东倒西歪，稀稀落落。

（2）苍凉。落寞。好像这里从来就没有过挤挤挨挨、涨潮似的荷叶，没有过大火一样燃了一湖的荷花，也没来过那只在尖角小荷上立了近千年的蜻蜓。

（3）湖，真的死去了吗?

（4）但是，有一丝荷的清香，悄然潜入心肺，连强大呛人的寒气也无法将其阻断。

（5）在这冰雪的湖上，我与冬荷相识。

（6）红红的朝阳，在远处怯怯地开着。薄薄的雾气正在散去，远远近近的残荷便从朦胧里渐渐清晰起来。直的、弯的、拱的、垂的，是荷柄的舞蹈；灰的、黄的、黑的、褐的，是荷叶、莲蓬的存在。

（7）风寒榨尽了水分算得了什么？失去了丰腴，那就裸露出庄严的筋脉迎接风雪。曾经硕大舒展的碧叶，有时会干缩成一排排瓦垄状，甚至在垄沿处散布起或大或小、有着黑色边缘的窟窿。这是被风霜雨雪反复肆虐后留下的创伤吧！乍看这带着黑色边缘的窟窿，好像这荷已经脆得很，一碰就会碎的。其实不，在这褶皱间的灰色质地里，往往还残留着浅浅的绿，抚摸它，抓它，你会立刻感到一种柔韧劲道的生命的力量。天要起风雪，水要结成冰，这是无法回避的现实。躲避肯定是不行，逆来顺受恐怕也不行，最好的办法也许就是迎上前去。

（8）有一枚荷叶曾是那样深深地吸引了我。寒风里，它反扣在一杆斜立于冰雪之中的荷柄旁，仿佛一位持枪披甲的英雄。它那依然硕大的叶片起伏着，犹如奔腾向前的波涛。而隆起的筋脉，在太阳下骨骼一样地凸显着，更让这波涛有了山峦连绵的质感。这如波涛山峦般起伏不息的，不就是勇士容山纳川、吞吐日月的胸膛吗？

（9）还有给我以强烈震撼的那枝冰中的莲蓬。莲柄早已没入冰雪中，莲头却执拗地伸出冰面，面朝着空旷的天空，十七个空了的莲房犹如十七个森然的弹洞。真是触目惊心。望着这十七个无言的黑洞，我依稀听到了呐喊与控诉。它一定有过孕子的艰难与幸福，那十七粒饱满圆润的莲子，肯定蕴含着新鲜而又芬芳的思想。不然，枯燥狰狞的严冬不会向它施以能够致以死命的寒冷。但是寒冷又能怎样？饱满的莲子早已植入湖底的泥中。

（10）太阳升起来了。冬日的湖上，荷的故事没有尽头。

（11）冬的湖上，最热的当是荷了。冰压不住它，雪也盖不住它。它总是融化了冰雪，让热的生命在这冰雪的湖面上醒目着。放眼望去，白茫茫的世界里，总有那曾经外直中空的荷柄，或挺着，或曲着，或拧着，或举着，从冰下牵紧了纹理毕现的荷叶和莲子散尽的莲蓬。融去了身上冰雪的荷，黑着或灰着，却崭新着。夏日的荷是从水中生的，"出淤泥而不染"；冬日的荷是从冰雪中生的，历垢世而弥新弥净。更有爱的宣言写在冰雪之上——干枯了也要拥抱着，共同迎受着寒风，等待冰消雪融的日子；既然灾难不可避免，那就相挨相慰着一起冻结于冰雪之上，携手承受苦难。谁能说与所爱者携手承受苦难，不是一种巨大的享受与幸福呢？

（12）热的荷，当是伟大的洁净与爱的楷模了。

（13）午时的太阳下，荷的凛然与愤怒却历历在目。铜铸铁打般的荷柄——有的举着叶或蓬，那是荷的解放的旗帜；有的头已半冻在冰中，却还将身子拱作劲弓，要将一统的冰盖掀翻，那满布的细钉头样的刺疙瘩，似乎正隐隐漏出咯咯吱吱的响声。

（14）冬荷知道，冰下还有藕，布满湖底。每一节藕上，都栖着自己生生不息的梦。梦在，来年的夏天，还能不让荷在每一朵浪花上自由地飞翔吗？

（15）那是月华做成的荷瓣，水精做成的荷叶，渔歌做成的蜻蜓呀！整个夏天的热烈，都在这里轰轰烈烈地演绎着。

（16）一种水样的感觉正在冬荷的筋脉里汩汩地流动。饱满、自在、清新、高洁，它甚至看见了花瓣纷披的粉荷，嫩黄泛绿的花托周围，是黄黄的蕊毛，花托上微突着幼小的莲子，泪泡一样的娇嫩。美好，就是这样的吧？还有夏荷的清香，夏荷的明朗，夏荷风中快乐的呻吟和夏荷染红了白云的欢笑，都在抚弄着冬荷梦的琴弦。

（17）风刮着，冰封着，雪覆着。夕阳正泛着荷蕊般的嫩黄。夕阳里，醒着的冬荷，梦正酣。（有删改）

1. 文章多次写到太阳，请简要分析其作用。

2. 赏析文中第二段画线的句子。

好像这里从来就没有过挤挤挨挨、涨潮似的荷叶，没有过大火一样燃了一湖的荷花，也没来过那只在尖角小荷上立了近千年的蜻蜓。

3. 第七段作者已经着力描写了荷叶，第八段为什么还特别刻画"一枚荷叶"？这两段表现了荷叶怎样的特点？

4. 请结合文章谈谈冬荷给你的启示。

参考答案：

1.（1）线索作用，按时间描写了朝阳里、太阳升起后、午时和夕阳里的冬荷的不同特点，使文章层次分明。（2）提供了明丽的背景，为荷注入了热力与生机，烘托了冬荷的精神。

2.（1）运用比喻、排比的手法，化用名句，极力渲染了过去荷叶生长的繁密、荷花开放的热烈、荷湖生命的灵动。（2）与当前的冷落形成对比，突出下文冬荷给人的震撼。

3.（1）第七段总写荷叶，第八段是具体刻画，点面结合，使荷叶的形象更加丰满突出。（2）荷叶干缩破败但坚韧劲道，不惧严寒，勇敢抗争。

4.（1）在灾难面前，不要回避现实，不要逆来顺受，最好的办法是迎上前去，勇敢面对。（2）与他人相拥、携手，共同承受苦难，也是一种巨大的享受与幸福。（3）在人生顺境时，要留下未来希望的种子，在挫折、灾难面前要保有对未来美好的憧憬和梦想。

去见阿炳

（1）我宁愿走向黑暗，去与你相见。即使让我白发如雪，我也愿意。只要我能与你生在同时，亲耳听一次从你手指尖淌出的《二泉映月》。

（2）但是，这一切都是不可能的了。甚至连你当年生活的细节，也都早已被时间的水流无情地冲走了、淹没了。阿炳兄弟，你可知道，一颗悲苦的心是怎样地想念你吗？把我的心捻作你的二胡之弦，如泣如诉地拉奏吧，那上面，正战栗着与你心的合鸣啊！

（3）饥饿。连衣服也难遮体了。还有寒冷和寒冷中无妻无后的孤独。北风、雪、破败的道观中的凄清的长夜。更有疾病频频袭来，一只眼睛瞎了，又一只眼睛也瞎了，双重的黑暗，无理地降临在你的壮年。活着，竟是这样的艰难与无趣吗？人，竟会这样的无依无助吗？天亮了又能怎样呢？炎凉的世态不是与这黑暗的夜晚一样冷漠吗？而且天亮了，被欺凌的人的尊严，更会被羞辱在光天化日之下。绝望，比双重的黑暗还要沉重地压迫在你敏感的心头。或许，你想到了死。

（4）但是，黑夜惊诧了，它突然看见绝望的手握住了那把破旧的二胡，已经被冷风舔僵的手指，困难但却沉稳地放在了那两股静默的弦上。弓，悄然拉动。

（5）把人世间的痛苦与悲愤，还有哀怨与忧伤，尽情地作一次倾倒吧。

（6）它呜咽着，从一个流浪艺人悲凉的心田里流出，流向无锡的大街小巷，流向一个又一个也是充满着痛苦与忧伤的心灵。只要是满含悲辛的心灵，哪怕漂泊在天涯海角，也能听懂它，立刻与它相通，并让或干涸或冰封的心灵之泉水重新喷流，从而汇聚成浩渺的湖泊。这是善良但却因此承受着悲剧之痛的心灵自然存在的泉水啊，只要它流动着，让痛苦与痛苦相融，痛苦便会升华为一种博大的抚慰与深沉悠长的感动，从而涵养出一种至善至美的高贵的心性。

（7）这是中国百姓的痛苦与悲愤、哀怨与忧伤，这是一个中国流浪艺人的痛苦与悲愤、哀怨与忧伤。它呜咽着，从无锡小城的街巷间流向一个又一个无依无靠的心田。

（8）仅仅是这些吗？不，不，我分明看见，带着追寻与向往、渴望与呼唤，一个饱受命运欺侮的人挺起胸膛，一颗痛苦的灵魂，点燃在黑夜里……

（9）原来黑夜是可以变作燃烧的炭的，缕缕暖意，怯怯地，但却是坚决地弥散开来。还有光明，动情的光明，羞涩地，又是慷慨地叩动一扇又一扇被漆黑抵紧的心扉。当然还有爱，爱的欢乐，由清清的溪水和着亮亮的月光，酿成甘洌的酒。冻结的心在缕缕暖意中苏醒，被黑暗魇住的梦，也长出月光样的翅膀，向着光明飞翔。叹息与呻吟，都在爱的阳光下化作赞美与歌唱，花儿笑了，鸟鸣蝶舞着，痛苦透了的人生，沐浴在欢乐之中。于是，冰封的中国有春水蜿蜒；半轮明月，穿透浓重的云层，照临冷酷的人间。

（10）阿炳兄弟，在你与泪水一起涨潮的乐曲中，我还分明听到深沉的感激。你在感激什么呢？是感激上帝赐予你的神弦，还是感激那位女性、那位在你失明之后一直陪伴你到死的女性？不然，你的乐曲声中，怎能如此地充满着女性的柔情与美丽呢？她看见了你，她就来了，与你为伴，也与你的一切痛苦与灾难为伴。寡言、贫穷、疾病、世人的白眼，甚至脏与丑陋，她都宽容地收下。她只把胳膊连同女性的温存和她的生命伸给你，平静地说：咱们往前走。

（11）你与你的女人，不仅让我见识了人性的美好与善良，还让我领略了博大胸怀的壮丽与锦绣。狭小的心胸，一块小坷垃就会让其堵塞窒息。只有博大、宽厚的胸怀，才能容纳众多的山岳、湖泊与森林。而人生的美丽与否，恰恰就在其一望无际、丰富多彩上。如果人生的价值可以衡量，那就看谁能在自己生命的旅程上创造并为后人留下更多更高的山峰和更多更大的湖泊与森林，尤其是不易磨损的精神上的山岳、湖泊与森林。

（12）走进《二泉映月》，湖泊与森林层层环绕着的，正是一座直插云天的青峰。

1. 作者说“我宁愿走向黑暗，去与你相见”的主、客观原因分别是什么？

2. “痛苦与痛苦相融，痛苦便会升华为一种博大的抚慰与深沉悠长的感动”，这里三个“痛苦”的含义分别是什么？

3. 文章最后两段，作者多次写到“山岳”“湖泊”和“森林”，这样写的好处是什么？

4．综观全文，作者认为《二泉映月》饱含了哪几方面的情感？请分条陈述。

参考答案：

1．（1）作者对阿炳处在失明和悲惨生活中的双重黑暗深表同情。（2）阿炳的乐曲具有巨大的感染力。

2．第一个指《二泉映月》中流淌着的阿炳自身的痛苦；第二个指听《二泉映月》的人的痛苦；第三个指演奏者阿炳的情感与听众的情感形成共鸣，交织成中国百姓的痛苦与悲愤、哀怨与忧伤。

3．（1）作者这样写，是用比喻和反复的手法赞颂乐曲中传达出的人性的美好与善良，博大胸怀的壮丽与锦绣，像山岳一样崇高，像湖泊一样深厚，像森林一样广大，表达自己对阿炳以及《二泉映月》的高度评价。（2）结尾处浓墨重彩，反复渲染，情感抒发达到了高潮。（3）篇末重重一笔，留给读者深深的思考与回味。

4．作者认为《二泉映月》饱含着以下几方面的情感：（1）饱含着痛苦与悲愤、哀怨与忧伤。（2）饱含着追寻与向往、渴望与呼唤。（3）饱含着深沉的感激。

孔林二月兰

（1）兰花，多有贵族。二月兰，却是世界上两万多种兰花里的平民，当然易被忽视，常遭践踏，只是愈抑愈扬，再大的强力也按捺不住，蓬勃的生命就在千百年里生生不息着。

（2）如北大燕园中曾经伴着季羡林度过风雨的二月兰，南京理工大学冷杉园里常与市民耳鬓厮磨的二月兰，都是那样的气象独具，名传于世。可是，最能动我心魄又让我惊诧不已继而深爱不止的，还是山东曲阜孔林的二月兰。

（3）清明前后，当你在夹道而列的千年桧柏里，走过一千多米长的林前神道，再穿过高大的红墙与森严的古侧柏相夹的长长的甬道；当你终于停在孔林门下，仰面注视着林门上古韵滞重的“至圣林”三个篆体大字，正让胸间充溢着肃穆与沧桑之感的时候——你怎么也不会想到，迈过这个短促而又高大的门洞，竟是一个如初生婴儿般清新娇嫩、又如新娘样羞怯热烈的紫蓝色的世界！二百多平方米的二月兰，正怒放着扑怀而来，让你一下子投入梦幻般的世界里，庄严的孔林陡然亲切生动。

（4）人们也许会先入为主地直奔孔林的孔子墓园，而对这花的海洋视若无睹。但是二月兰自在地开放着，不求闻达，不谋地位，无欲无求地在天地之间释放着也享受着生命的美丽与快乐。

（5）紫里泛着蔚蓝，蓝里透出雪白，白里又浸染着淡红，二月兰沐在春日嫩黄的阳光里，人就仿佛远离了尘世，神游于这彩色雾岚般的梦幻之中。这时，隐隐约约却早已沁入空气里与心脾间的爽冽和畅的清香，让人忍不住一次次深长地呼吸吐纳。这可是天上地下难以寻找的气息啊，草香、泥土香、树木香，去秋落入草丛中的黄叶的香，全被二月兰的清雅之气酿成了一种非凡而又家常的圣洁之香。就连鸟的啼叫与太阳金色的光羽，都熏染着二月兰的味道。

（6）二月兰每一株单一的茎上，都诞生着长幼有序的十七八个花的兄弟姊妹——最幼的米粒大小地绿着，有白苍的绒毛隐约在初绿间；稍大一点的花蕾，刚咧开星点的唇，闪烁着粉白的笑意；将开未开的，则将四片花瓣两两相叠卷成马蹄形的筒状，露着几分调皮与待放的急切。一旦开放，就如纵情展翅，那恣意伸展的四片花瓣，会让人以为是翩然的双蝶在飞，六枚微颤的金蕊则俨然是蝴蝶的须了。时有真蝶飞临，又恍若兰的开放，竟惹得蜜蜂绕追，缠绵不去。

（7）次第的开放，前赴后继，也就能在一两个月里，不管晨昏，只见精神抖擞的二月兰，而不见它们的委顿。

（8）其实，二月兰也是脆弱的、容易受到伤害的。为了春日的绽放，其茎的底端几乎耗干了水分，而接近花序的上部，则又嫩又脆，饱含着血液般的汁水，一碰就断。只是这看似柔弱的二月兰，比石头更有着坚韧的力量。

（9）二月兰没有柏树的四季常青，却能让一个一个活泼崭新的生命组成谁也无法扑灭的浩大阵势。而林墙再高大威武，也无法挡住全部的阳光，跳出墙之阴影的二月兰当然尽着性子开放，就是处在墙的阴影之下晚开的二月兰，也是毫不退让，一直逼到墙的根部，不顾一切地生叶萌蕾。那种支支棱棱不怯不退的气度，那种迟早也要绽放的倔强，倒直白地捅开了墙之虚弱的老底。

（10）今年大旱，冷的时间又久长，连松柏都现着些锈色。只有一株一株的二月兰，努力地生与长，在这死别之地生聚成蓬勃的紫蓝色的海洋，就连从林中穿过却早已干死了的洙水，也澎湃起紫蓝色的潮汛。

（11）孔林的冬之静雪、秋之红叶、夏之浓绿当然各有着非常的美妙，但是唯有这春天里的二月兰，已然成为一种“现象”，既能与乡亲百姓亲密无间，又可以润泽八方学人的心灵。改用唐人一句话，正可谓“生不用有名与钱，但愿一识二月兰”。（有

删改）

1．简要分析文章第二段的作用。

2．阅读第三段至第七段，简要概括孔林二月兰的特点。

3．本文语言生动，按照要求完成下面题目。

（1）从修辞角度赏析下面的句子。

稍大一点的花蕾，刚咧开星点的唇，闪烁着粉白的笑意；将开未开的，则将四片花瓣两两相叠卷成马蹄形的筒状，露着几分调皮与待放的急切。

（2）说说加点词语的表达效果。

跳出墙之阴影的二月兰当然尽着性子开放，就是处在墙的阴影之下晚开的二月兰，也是毫不退让，一直逼到墙的根部，不顾一切地生叶萌蕾。

4．联系全文，作者为什么发出“生不用有名与钱，但愿一识二月兰”的感慨呢？

参考答案：

1．内容上，用燕园和冷杉园里的二月兰衬托“我”对孔林二月兰的深爱不止、情有独钟。结构上，总领下文，引出下文对孔林二月兰的描写。

2.（1）面积广，数量多。（2）自由开放，不求闻达。（3）色彩艳丽，具有梦幻色彩。（4）香气清雅圣洁。（5）花朵美丽可爱。（6）次第开放，精神抖擞。

3.（1）运用了拟人、比喻的修辞手法，形象生动地描写了二月兰初绽时的形态，表达了作者对二月兰的喜爱之情。（2）“尽着性子”“毫不退让”“不顾一切”这几个词，运用拟人的手法生动形象地写出了二月兰开放时不怯不退的气度，绽放的倔强与自由，表达了作者对二月兰蓬勃生命力的赞美之情。

4．孔林的二月兰，愈抑愈扬，美丽绚丽，具有顽强蓬勃的生命力；不求闻达，不谋地位，具有淡泊名利的高尚品质；坚忍柔韧，自由倔强，彰显生命向上的力量；既能与乡亲百姓亲密无间，又能润泽八方学人的心灵。

夹在北宋南宋之间的这个女人（节选）

（1）瘦瘦的月亮，就这样照着这一地的清泉。

（2）八百多年的烟云怎能模糊了她的容颜？这个夹在北宋南宋之间的女子，竟在当下这个月瘦泉绽的夜晚，如此地生动着。月色泉影里，轻轻地，仿佛有她的魂魄，还在徘徊复徘徊。

（3）她是在独自思乡的煎熬中辞世的。这种独自的思乡，煎熬了她二十多年。一番番的风，一番番的雨，在她苍老的心上咬出斑驳的伤痕。当然还有如泣的蛩鸣和一下下捣衣的砧声，再把这斑驳的伤痕撕扯得血肉模糊。而一声一声无情的滴漏，更是拉长了无眠的夜，让她清醒在锐利的苦痛里，思乡的情绪也就越发地如这泉水一样诉吟不已了。也许，让她能够在这种漫长而又无望的苦刑中活下去的唯一支撑，就是这片甘醇而又从不枯竭的泉水。

（4）因为就是这片泉水印证着她曾经有过的幸福。那是可以对于爱情自由向往的少年时代，那是与所爱的人赵明诚朝夕相处了十年的青年时代。

（5）归来堂的茶香是与明亮的笑声一起，在这乡间的泉边盛开的。屋内身边，尽是两人竭其所有换来的金石书画。把玩展阅自不必说，当然还会有校勘、整理与题签。最为欢乐的时刻，还是以打赌的胜负决定喝茶先后的游戏。随意说起一件事，便指着堆积的书史，让她说出在“某书、某卷、第几页、第几行”(《金石录后序》)。常常是连连被她言中，那茶也便会喝了又喝，竟至兴奋忘情地大笑着，将茶杯连同茶水一起倾覆在怀中。

（6）虽然家族因为朝廷的政治斗争而正被残酷地打压，可是她却沉浸于自己的幸福之中。这是一个女人的幸福，没有任何奢望，更是与世无争，只需要爱人的陪伴。幸福是这样的刻骨铭心，以至于在她潦倒得亲人、财产连同健康全都一无所有的晚年，还在一遍遍地忆起那个倾覆的茶杯，并死死地抱着到归来堂时的那个念想：能与丈夫默默无闻地老死于这个泉边的乡间该有多好！

（7）可是国破的时分，一个幸福的女子怎能不跌入悲剧的深渊？她曾经的幸福与欢乐，似乎只是为了加重、凸显这种悲剧的深切与沉重。

（8）在时骤时疏的金兵铁蹄的擂击声里，那样爱着的丈夫在她四十六岁的时候猝然病逝，连一心依赖的皇帝也逃得追不到踪影。真是靠山山倒，倚墙墙塌，无依无靠的女子，独自惶恐在破碎的山河之中。

（9）惶恐中，她也紧紧地守着与丈夫一起收藏的金石书画——那里有着丈夫的体温和曾经的快活时光，当然还有着那只倾覆在怀中的盛满着笑声的茶杯。

（10）再是紧紧地守护，一双女人的手，又怎能守护得住？先是故乡中排满了十来间房屋的书册全部被金人付之一炬；继而，南奔时“连舻渡江”的两万卷书和两千卷金石刻，也在金人所占的洪州基本散为云烟。就在她为紧紧守护的金石书画损失殆尽而悲伤不已之时，朝廷却又传出丈夫曾经将一把玉壶送给金人的谣诼。为了给丈夫洗清冤屈，更为了避免灭顶之灾，悚怖之极的她只好将家中所藏古器全部献给朝廷。只顾逃跑的皇帝哪里去寻？这些珍器最终尽皆落入官军之手。南奔时曾经载了十五车的金石书画，等流落到会稽赁居于一钟姓人家时，仅剩下“五七簏”便于携带、又最为夫妇二人所喜爱的书画砚墨。是在一个晚上，这仅存的书画砚墨，竟被人凿墙窃走五箱。必须记住这个窃贼的名字：卜居会稽时的邻居，钟复皓。

（11）视同性命、意在与身俱存亡的书册卷轴金铜古器，转眼成空。

（12）孑然的女子，孑然的恸伤，泣血的心和着寸断的肝肠。

（13）丈夫辞世三年之后，被哀恸笼罩的女子终于病倒了。国破，家破，夫亡，己病，又没有自己的儿女，几乎绝望的女子，挣扎着也是赌注般地选择了再嫁之路。苦难似乎没有止境。曾经沧海难为水，更何况再嫁之人张汝舟竟然是一个只图她的金石书画的贪婪小人。贪婪必然凶残，当张汝舟知道花言巧语骗娶的女人已经没有多少收藏、并且仅存的一点也无法到手的时候，“遂肆侵凌，日加殴击”（《投翰林学士綦崇礼启》），拳脚相加之外还生出了杀人夺物的邪心。

（14）共同生活了一百天之后，这个身处无助困境且看似柔弱的女子，又做出了甚至比再婚还要惊世骇俗的举动：告发张汝舟妄增举数获取官职的罪行，宁肯坐牢也要坚决离婚（宋朝刑律明确规定：告发丈夫，不管对错是非，都要坐牢三年）。

（15）但是她挺身而起。

（16）柔弱的身体里，其实流动着故乡那片泉水的神韵。那是自由的歌唱，那是光明澄净而又刚烈不挠的血脉。谁会理解一个孤独无助的女子的内心？

（17）这样看来，我们应当永远记住并爱戴这样一个名字——李清照，记住并珍视这片生育了她并在中国独一无二的泉水——中国山东章丘百脉泉。

1．“她所曾经的幸福与欢乐，似乎只是为了加重、凸显这种悲剧的深切与沉重”，结合原文，说说李清照的人生有过哪些“幸福和欢乐”，有过哪些“悲剧”。

2．文章以描写清泉开头，又以泉水结尾，文中也多次写到泉水，这样写的作用是什么？

3．作者在文章结尾写道：“我们应当永远记住并爱戴这样一个名字——李清照，……”综观全文，分析作者这样说的理由是什么？

参考答案：

1.（1）幸福和欢乐：对爱情的自由向往，与赵明诚朝夕相处的十年，归来堂与丈夫把玩展阅、校勘、整理与题签金石书画，与丈夫以打赌喝茶的游戏。（2）悲剧：丈夫猝然病逝，故乡书册被金人付之一炬，南奔时两万卷书和两千卷金石刻基本失散，朝廷谣传丈夫曾勾结金人，所藏古器尽皆落入官军之手，遭钟复皓凿墙盗窃，再嫁贪婪小人张汝舟。

2．作者这样写，突出了养育过李清照的山东章丘百脉泉，使文章首尾照应，线索明晰。泉水印证着李清照曾有过的幸福和欢乐，象征着李清照的光明澄净，表现了李清照在漫长无望的岁月里对故乡和丈夫的悠悠思念之情。

3．她才华横溢，作为女人，她没有任何奢望，更是与世无争，只需要爱人的陪伴，只愿能与丈夫默默无闻地老死于乡间。她柔弱的身体里，流动着自由的歌唱，流动着光明澄净而又刚烈不挠的血脉。在那风雨飘摇、国破家碎的时候，她有着女人绝少具备的磊落与胆魄，以及自由光明、澄净刚烈的心性。

泰山赋

（1）阅历过人类全部世纪的泰山，又在反复地翻检二十世纪，并将其永远保鲜地存入记忆之中。任谁也无法动摇它，更不能贿赂它，泰山就这样铁面无私地记下了一百年间人类真实的生活，包括全部细节。

（2）诺言的雾霾、专制的恐怖，加上人类易于遗忘的天性，有时会使历史面目全非，甚至会让现实也黑白颠倒。但是泰山在这里矗立着，背依次第升高的万里大陆，面临翻卷自如的万里海洋。他无言地裸露着真实，一次次纠正似乎早已板上钉钉的定论。那个指鹿为马的赵高，手大也无法遮天。两千多年来，鹿还是鹿，马还是马。

（3）是哪个星球与地球的结合，孕生了这个地之骄子？一定有过万雷裂变式的幸福的呻吟，一定有过通体红透的痛苦的燃烧，而后在漫天豪雨与倾海怒涛的淬火中，定格成如此超凡脱俗的“这一个”。二十五亿年间，不阿世，不媚俗，独立于中国的华北平原之上。

（4）英雄云涌的世纪，他兴奋的情怀里会悬下百架千架的瀑琴，让风弹奏。更多的是委琐的时代，只有神权合一的宝座和宝座下跪着的灵魂。这时，卓尔不群的泰山更加不挠地矗立着，让似乎决定一切的宝座看着，到底还有一个站着的；也让跪着的灵魂领略站着的美丽。

（5）泰山曾经眼睁睁地看着“利欲”二字，怎样地将一个站立的巨人，腐蚀成一团跪着的侏儒。泰山上的第一块刻石，为李斯所书。当秦王嬴政下令逐斥各国人才的时候，是李斯挺身而出，直面威烈的秦王，上了千言的《谏逐客书》。这时的李斯，是巨人的李斯。但是一己的利欲把他的心灵熏瘫了，竟然为了禄位，堕落成与赵高为伍的小人，阿顺苟合胡亥之意，污仁义，咒尧禹，颂残暴。

（6）李斯之后才一百多年，汉武帝蛮不讲理地将站着的司马迁摁趴在地上。汉武帝像捻碎一只蚂蚁一样，摁倒他又无情地羞辱了他。蒙着最大的羞辱，被摁趴的司马迁，却踉跄着挺着脖梗站了起来。“人固有一死，或重于泰山，或轻于鸿毛”，这是身受腐刑的司马迁向命运与朝廷发出的挑战。一个穷而无权身遭残疾的知识分子，终竟写成“究天人之际，通古今之变，成一家之言”的《史记》，一部比整个王朝值钱百倍的史诗，也为中华民族树起了一个泰山般站立者的形象。

（7）跪着，也许可以爬一条平坦的仕途，但是跪着的官员怎能治理好一个国家？跪着的大众怎能走进文明的世纪？

（8）于是，站着的人就一个个成了国家的福音，民族的骄傲，也只有站着的人才真正地为国家、为人类留下了传世的文明硕果。从珠穆朗玛峰到泰山，中国有一道道屹立的山脉；从屈原到鲁迅，中国有一尊尊站立的知识分子；从陈胜吴广到中国工农红军，中国有前仆后继的站立的民众。泰山在，站立的种子就会春风吹又生。

（9）我常常会想象二十五亿年前的那个泰山诞生的时日。穿透兆亿年的混沌，横空而立，一身的岩浆，燃作红透的旗帜。从此成为人类最古老也最新鲜的歌谣，哪怕梦魇如磐，风雨如磐，都终究在它与旭日的面前败阵。它和人类共同经历着一世世生活的沉重，一辈辈生旅的磨难，仍然天天以自己屹立的身躯，豁然撑起无垠的天幕，接生旭日，报告光明与希望，也向世界袒开天幕样无垠辽阔的胸襟和胸襟中无比自由的心。

（10）黎明，站在地球之巅的泰山，为宇宙司晨。

（11）啊，泰山，我的泰山！（有删改）

1．文中对李斯和司马迁的写法有何不同？文章写这两人有什么作用？请作简要分析。

2．请解释文中画线句子的含义。

（1）英雄云涌的世纪，他兴奋的情怀里会悬下百架千架的瀑琴，让风弹奏。

（2）泰山在，站立的种子就会春风吹又生。

3．文章前后两处写到泰山的诞生却不给人重复的感觉，为什么？

4．"'人固有一死，或重于泰山，或轻于鸿毛'，这是身受腐刑的司马迁向命运与朝廷发出的挑战。一个穷而无权身遭残疾的知识分子，终竟写成'究天人之际，通古今之变，成一家之言'的《史记》，一部比整个王朝值钱百倍的史诗，也为中华民族树起了一个泰山般站立者的形象。"你同意作者的说法吗？为什么？试阐述理由。

参考答案：

1. 第一问。写李斯，将其前后的作为做对比；写司马迁，用汉武帝的淫威衬托司马迁的不屈。

第二问。将二人正反对照，揭示出泰山“站着”精神的具体内涵。

2.（1）生动形象地传达了泰山对英雄的由衷赞美。

（2）只要不屈的精神存在，站立的中国人就会生生不息，代代传承。

3. 前面写，侧重赞美泰山诞生的超凡脱俗；结尾写，侧重揭示泰山诞生对人类（民族）的意义。

4. 言之有理即可。

城市的风筝

（1）这是一座生长在大运河岸边的古老的小城。在这个小城的五月初的一天，有星星点点的风筝在飞。

（2）挣脱了沉重的城市，它们在有云无云的天空里轻巧地飞。

（3）它们是城市的叛徒，叛变了防盗门、水泥的牢笼、肮脏的尘埃、长疥的喧嚣，还有那如热锅上蚂蚁般急驰的车辆。风筝们舒展着心性儿在城市的上空舞蹈，真滋儿。

（4）有时叛变就是解放。

（5）风筝的下面，总有着或大或小的空地。这空地，往往就是城市的肺了，起伏着一个城市的呼吸。但是再大的空地，怎能与天空相比？于是风筝就飞离城市，去寻找真正能够自由呼吸的空间。这时，风，就是风筝的呼吸了，而它在辽阔天空里的千姿百态，也就成了它的千言万语。自由地呼吸，又能够畅所欲言，解放了的风筝也就寄托着人类一个深长的向往。

（6）如果不能随意地舒卷，云还会这样迷恋于天空吗？比云还需要自由舒卷的心灵如果让水泥与铁栅封住，那该是怎样的一种人间悲剧？

（7）只有放风筝的人才知道，看似轻巧的风筝，其实沉得很。因为那颗系着风筝的心，也许正盛满着艰辛与痛苦。

（8）云彩、浪花是不能用模具生产的，鸟鸣与花香，也无法在口令下统一成一种模式。真正美好的城市，应当是所有的心灵与头颅，都能如云一样自由地舒卷、如天籁一样自由地发声。真正美好的城市，还应当能够培育并珍爱着崇高的心灵与伟大的头颅。这心灵与头颅，不仅会成为这座城市永远的骄傲，还会成为人类共同的精神的旗帜，犹如孔子之于曲阜、鲁迅之于上海。

（9）但是我们早已习惯将心灵与头颅整齐划一了，那个给曲阜带来荣耀的孔子，就是从曲阜开始流浪的，那个给上海乃至整个民族都带来非凡成就与遗产的鲁迅，则是带着通缉令去世的。专制统治者甚至不惜用“焚书坑儒”，不惜用“三纲五常”，也要将亿万整合为一。于是，有了一茬又一茬的沉默无声中的稳定。心灵与头颅沉默得久长了，也就渐渐失去了发声与思索的功能，甚至会让活泼柔软的心灵和独立深邃的头颅哑了僵了锈了。一代哑了僵了锈了，再一代又哑了僵了锈了，并将这哑僵锈塑作成代代相传的美德与传统。沉默无声的代价，只能是一个民族遗患无穷的灾难，圆明园那些石头的尸骸，不是至今还在耻辱与惊恐中呻吟吗？

（10）听说在这些石头的尸骸丛中有风筝飞起了。再看看我们现在的城市，哪座没有从水泥与铁栅、尘土与喧嚣之中飞起的风筝呢？每一个风筝的下面，都有复活了的心灵与头颅吧？

（11）产生自由的心灵与独立的头颅，需要肥沃的土壤，而肥沃的土壤需要先驱与民众不间断地辛勤的耕耘、播种、施肥、锄草，如“五四”对于北京，如西南联大的教授们与学子们对于昆明。不能等待，更不能期待坐享。风吹着。风筝飞着。

（12）天蓝得如水。偶尔有云彩长出，那可是风吹起的波澜？在这深、阔皆没有涯际的宝石般蔚蓝的水中，风筝如一叶舟，如一尾鱼。让身心也化入这无涯无际的蔚蓝中吧，你会清晰地感到，曾是那样脆弱的生命突然间接通了永恒，那舟那鱼就如佛一样在你的心中了。还有着不太圆满的月亮，早就出现在蔚蓝里，在湿淋淋的夕辉之上，淡淡的、白白的、静静的。风筝仿佛就与月牵着手，姊妹似的，还有或大或小的鸟，时不时绕着融入碧空里的绳嬉戏。

（13）当晚，这座古老的小城做了一个梦。一只只风筝变成了一架架犁铧，正在犁开城市的土地……

1. 风筝“挣脱了沉重的城市”，“它们是城市的叛徒”。这里所说的“城市”有着怎样的特点？请概括说明。

2. “那颗系着风筝的心，也许正盛满着艰辛与痛苦。”为什么“盛满着艰辛与痛苦”？请分条陈述。

3. 阅读全文，指出文中的“风筝”所蕴含的意义。结尾一段又有什么含义和作用？

4. 参照“孔子之于曲阜、鲁迅之于上海”的文化意义，请另举出一位文化名人，阐述他对于曾经生活过的城市的文化意义。

参考答案：

1．城市是单一的水泥丛林，城市枯燥乏味缺少生命的活泼，喧嚣嘈杂没有安静与宁谧，呆板无趣缺少自由浪漫。

2．缺少自由，被整齐划一的枷锁禁锢；还有生活的单调与颜色的灰暗等。

3．风筝是反叛的，自由的，是飞翔与高瞻远瞩，是畅怀澄澈。而结尾一段则是升华，风筝的意象变成犁铧，开垦改变、播种希望。

4．如作家孙犁之于天津，不仅成为天津的一个文化符号，还代表了一种人性的博大与光芒，并使这座城市含有一种白洋淀淋漓的水意的滋味。

微山湖上静悄悄

（1）在微山湖畔的马坡乡，就默默地掩埋着东方的“罗密欧与朱丽叶”——梁山伯与祝英台，一对在历史上真切地存在着的湖畔恋人。他们合葬的坟茔，曾经被流经湖边的白马河淹没过，但是他们至死不渝的爱情，却感动了一代又一代的官员与百姓。直到明正德十一年，又感动了路过此处的南京工部右侍郎前都察院右副都御史崔文奎，他深感“其心皎若日星，其节凛若冰霜”，毅然上奏皇帝，在梁家祖林中为二人重建了墓、碑和祠堂。等到全国各地都在争着做梁山伯与祝英台的出生地的时候，微山湖沉默着，不屑于争什么，更没想到借什么光，依然用她的水土养育着“梁祝”的后人，也掩护着“梁祝”的魂骨。

（2）如果在一个春雨霏霏的夜里，熄了灯，静静地听着

“梁祝小提琴协奏曲”，那遥远的故事就会如苍茫的湖水扑面而来。湖面上，雨与波在欢喜地喁喁私语着，还有明灭着灯火的小船和摇曳的芦苇。这时候，你甚至会产生幻觉，纷然的春雨尽情舞着的柳絮，无涯的湖面灿烂成杂花竞开的草地，那时浪漫的蝴蝶，正自由地翻飞着，翻飞着……

（3）这该是怎样的一位女子啊。为了争得做人的权利，她敢于女扮男装外出读书，而且一读就是三年；只身在外攻读三年不说，还敢在亚圣孟子的家乡峄山，以一个女子之身与男子汉梁山伯同榻三年；最后更为了实现自己的爱情，宁愿化为感天动地的蝴蝶！

（4）放飞了这只蝴蝶的微山湖，是该为之骄傲的。是为这对翩然于湖畔的蝴蝶所吸引吧，一种叫作苇莺的爱情鸟，也从我国第一部诗歌总集《诗经·关雎》中飞入微山湖里。据胡森先生考证，这种雌雄对唱、歌声响亮、在微山湖区被称为“苇鸟”“苇喳子”的苇莺，就是堪称我国第一首爱情诗中那只鸣唱了数千年的爱情鸟，而“关关雎鸠”就是苇莺鸣唱声“呱呱唧唧”的直“译”。我更从微山湖走出的学者张九韶教授处，听到了微山湖上的另一个人变鸟的传说：一对自由恋爱的青年男女为抗婚而摇舟漂泊湖上，在被暴风雨倾覆而葬身湖底之后，却变成了一对歌唱生活与爱情的苇莺。再后来，又从一位老渔民的口里，听到了这个故事的许多细节。这一对情人的家庭，曾因先人家族械斗而成为世仇。姑娘叫田呱，小伙子名姬成，在两家的强烈反对、严酷压制下，他们的爱情却蓬勃到生死不顾的地步。终于，在一个月黑加阴天的夏夜，他们双双逃到湖上。谁知起风了，继而雷电交加，风也狂暴起来，恶浪怒卷，满湖骚动。小伙子奋力撑着危在分秒的船，姑娘刮着船舱里越积越多的水。撑船的小伙子镇静地呼唤着：呱呱——刮水的姑娘大声地回应着：姬成——撑着唤着，应着刮着…… 等到风平浪静的明天，船没了，人也没了，只有苇莺在欢快地唱着：呱呱，唧唧，呱呱唧唧……渔民们说，他俩没死，是变成了苇喳子，在永世不歇地唤着应着。

（5）又是微山湖宽厚的情怀收留了他们并使他们再生！

（6）风里雨里，小小苇莺在这湖上鸣唱着，“呱呱唧唧”“呱呱唧唧”。这是普通人的生活与爱情，也倾注着普通人平凡但却高尚的情感。如果一个普通人是一滴水的话，那么这片水就是无数代、无数个普通人汇成的湖泊了。对于真的善的美的，她有着天然的亲和力；对于难的苦的弱的和一切被压迫受欺凌的普通人，她又有着天然的同情，并施予不求报答的抚慰与珍爱。饱经沧桑的微山湖当然知道，普通人如水一样温和，甚至还有些卑微，可温和下往往藏着烈如怒潮的力量，卑微后有着皇帝老子也不买账的山岳一般的高傲与尊严。

（7）也许微山湖是寂寞的，但她并不孤独。那曾和她血脉相通的八百里水泊梁山一定会常常打湿她深长的梦境吧！那裸露的梁山石崖和石崖上造反的好汉，当年曾得到过水泊多少的庇护与抚慰啊！至今，山、湖间那股总也化不开的反抗压迫与奴役、不做奴隶要做人的魂气，依然不绝如缕。每次，当旭日或夕阳将一条火的大道，从太阳贴着湖面一直铺到脚下船头的时候，我总会在一湖柔情里，触摸到一种原生的野性，正太阳似的燃烧呢。

1. 文章用“微山湖上静悄悄”作题目，有什么好处？

2. 结合文意，解释第一段末尾处“魂骨”的含义。

3. 作者介绍了梁祝化蝶和姬田化鸟两个传说，其目的是什么？

4．根据文意，简要谈谈你对文章结尾处那“一种原生的野性”的理解。

参考答案：

1．以《铁道游击队》主题歌歌词作题目，亲切而引人联想；含蓄点出微山湖不争名利、不求报答的品质。

2．“魂骨”指像“梁祝”那样为实现自己的爱情而勇敢反抗的精神。

3．（1）突出了梁祝精神代代相传，无论怎样的恶势力都无法阻遏人们对美好幸福生活的向往和追求。（2）表现了微山湖的善良多情，温和宽厚。

4．要求：结合祝英台敢在亚圣的家乡与梁山伯同榻三年，为追求自由美好爱情而宁愿化蝶；田呱、姬成为爱情而置生死于不顾；梁山好汉不做奴隶要做人的魂气这三点中任一点铺衍成文，谈个人理解。或扣住微山湖为天地保留下的绵亘古今的自由与欢乐，概括地谈理解。要言之成理，自圆其说，语句通顺。

收养石头

（1）想不到家里会收养起一块石头来。

（2）它本来是趴在一个朋友家菜园矮墙上的，木木拙拙，泥头败脑。今年盛夏的一天，去看朋友，正下着雨。也巧，走到它的身旁，雨水正好淋出它的斑斑纹路，竟是一身树的纹理。一头贴墙，千层饼似的灰黑的纹理挤戗着；一头翘峨，剖露着触目的年轮。这样一团的残朽干，经历雨水会腐烂生蘑的吧？我无意间抬手戳了戳它像是腐朽的纹理，居然钢锉般涩硬。索性掀掀它，更叫我一惊：没掀动。这个木头木脑的家伙，一下惹起我的兴趣，细细打量打量，搓搓手，双手搬它，竟铁一般沉！再看它，翘峨的年轮仿佛是一圈圈的笑。我明白了，这是一块树化石。

（3）我本来是个闲情逸趣不多的人，不喜养花，不热养鸟，也没有收藏的爱好。但是这次却破了例，将这块树化石抱回了家。说真的，对它，我莫名其妙地生出了点喜欢。

（4）等我将它往门厅里一放，就先没了底气：崭新的厅里放上土头土脑的它，真是不伦不类、格格不入呢，妻子容忍的笑里分明在说："扔了吧。"我不敢看妻子的笑，只自言自语着："先放放吧。"

（5）放是放了，位置却变了又变，先是从冲门处移到了厅旮旯，随后又从厅旮旯挪到晾台上。那天下了班，已是傍晚，夕辉虚弱得无力撑起暮霭的丝幕。我见它在晾台上，正翘峨着头凝望着太阳陨落的地方。它灰黑的纹理也已和暮霭化为一体，只有年轮如眼，审视着朦胧的天地。木石心肠，沉表如坟，真是憨愚到极致了，任何具体的轰轰烈烈、大喜大悲似乎都已无法将它惊动。我屏息瞅它，猜想，莫非那数不清的岁月正在它的眉间放映？

（6）躁动的生命，不觉间澄明恬静起来。

（7）有岁月的胸际如云翻飞。我学它举首审视着苍茫的天地，脚下就是永恒之台。

（8）于是，我双手捧着，将它请进耳鬓厮磨的书房。

（9）在这精神的家园里，我好像也成了一棵树，与它一起拥有悲欢的人间和阴晴的宇宙。我们默默地相对着，时间就定格在这种默然里，只有生命灵动异常，羽化为轻盈的万物。常常是不经意间，我们会有絮絮的对话，如风中的杨叶——

（10）“人是高级动物吗？高级在哪里？我是看着人类从无到有的，你们远没有超越从兽性到人性这道鸿沟，如果将人类的心灵一下子撕开在光天化日之下，其丑陋与残忍的情景，将是最可怖的。但是，我又真真地对你们充满着爱与期待。你们的智慧与善良，虽然还嫌稚嫩，毕竟是那样美丽又那样生机盎然。我会耐心地等待，你们不在意有一个旁观者吧？”

（11）“你的根呢枝呢叶呢？它们是在一次天塌地陷的灾难中失去的吧？在这天塌地陷之前，一定是骤雨削去了你的冠，狂风折断了你的干，你不为青枝绿叶生命的永远失去而悲伤吗？这样看来，宇宙不也是残酷的吗？”

（12）“是的，我曾深深地悲伤过，也极度地绝望过。可是，浩渺的宇宙是不会注意到一棵小树的悲伤与绝望的。只是在我跨过悲伤、咬碎绝望，在漫漫黑暗的熬煎中涅槃重生的时候，生机才再一次出现在我的面前。我不仅完成了从残缺到完美的创造，更以我不屈的生命，再一次证明了宇宙所赋予的万物生存的权力！爱，也要从自己开始，珍惜自己生命的权力与尊严。”

（13）“坚守着树的纹理，你却不腐；有着铁的坚硬，你又不锈——看来，弱小与强大是此消彼长的，有时弱小倒喻示着发展，强大正隐藏着衰落。”

（14）“你不用特别看重我，你们人类也有生命大大长于自己年轮的——当然大多是在弱小者中——诗人（郭路生）就是这样的一个吧。也许再过十万年，我还会记住他的诗句。热爱生命，相信未来！”

（15）“……”

（16）有星星零星地出现在天幕。

（17）兆亿颗星球划出的轨道，该是宇宙的年轮了。石与我，当是宇宙的一个细胞，也有着宇宙的风采了。

（18）我们相视而笑。

1.（1）作者是怎样发现这块“石头”的？试概述之。（2）这样写有什么作用？

2. 按要求分析句子。

（1）“只有年轮如眼，审视着朦胧的天地。”——简析这句话的表达特点及其效果。

（2）“躁动的生命，不觉间澄明恬静起来。”——“躁动”与“恬静”是否矛盾，为什么？

3. 概括第十至十二段“石与我”的对话所揭示的两条深刻道理。

4. 请联系你在现实生活中所了解的人或事，谈谈你对“生命大大长于自己年轮”这一句话的理解。

参考答案：

1.（1）初看以为是残树朽干，后来才明白是一块树化石。（2）突出这块石头外形的奇异，为下文写石头与“我”“默默地相对”、石头与“我”对话做铺垫。

2.（1）这句话运用了比喻（拟人）的手法，仿佛树化石也具有人的特征，能够观察与思索。（2）不矛盾。这句话表现内心的觉悟，心情（生命）也由“躁动”变为“恬静”了。

3.（1）人类还存在着丑陋的一面，但人类的智慧和善良是那样美丽，使人类生机盎然。（2）生命的个体是微不足道的，但每个个体都要珍惜自己生命的权利与尊严。

4.“理解”：人生所作的贡献，其意义远远超过其生命的年限。联系人或事必须是现实生活中的，必须与“生命大大长于自己年轮”这句话的含义相一致。

杏坛

（1）孔子游乎缁帷之要，休坐乎杏坛之上，弟子读书，孔子弦歌鼓琴。

——《庄子·渔父》

（2）坐落在泗水旁的曲阜孔庙中的杏坛，也许是中国最为动人的景致。它是无尽头的路，延续并日益拓宽中国历史的命脉；它是火光熊熊的熔炉，锻造、拓展着天下教师与学生的智慧与情感；它是永不涸竭的源头，潺潺地，洇湿了越来越多人的心灵，并使这种潮湿，氤氲成河流、湖泊、江海。

（3）我们已经无从确切地知晓孔子在中国设立第一座杏坛的初衷，但《论语》开篇第一句“学而时习之，不亦说乎”，不是向我们透露出孔子与众多学子在教与学中所经历的无比的欢乐吗？

（4）我想，那时的杏坛，肯定很小。在孔子简陋的家里，或在泗水边的林中，师徒席地而坐。“礼乐射御书数”“文行忠信”的传授与探讨便会自由自在地开始或结束。在贫寒中奋发而起的孔子，在中国开辟出一种最为重要的事业：教育。整体处于失学状态的中国“庶民”，首次有了上学的机会；曾经荒芜的灵魂，有了生机盎然的栖息与成长的家园；冷酷而血腥的中国历史，也开始生长出人性的、温暖的情致。

（5）孔子之前，中国该有着二千五百多年的文明进化史吧？他之后，转眼又是二千五百多年。他所筑起的那座杏坛，耸立在这五千年中间，烛前照后，熠熠生辉。“贫且贱”的孔子要教育出一批真正的人，说人话，做人事，为中国的百姓遗下接受教育、自掌命运的火种。

（6）一个、两个、七十个、三千个。在那“学在官府”的年代，孔子在这个筑于民间的杏坛之上，教育出三千有用之才，是一个震古烁今的奇迹。《史记·仲尼弟子列传》记载了孔子对学生子夏的嘱咐：“汝为君子儒，无为小人儒。”怎样才算是“君子儒”？“笃信好学，守死善道……邦有道，贫且贱焉，耻也；邦无道，富且贵焉，耻也。”（《论语·泰伯》）只有锻造起独立的人格，用充满理想、积极献身的人生态度和坚持真理、敢于发出自己声音的心胸与胆量，去完美自己，改造世界，才是真正的“君子儒”。这就是杏坛非同寻常的意义与价值。“三军可夺帅也，匹夫不可夺志也”，“岁寒，然后知松柏之后凋也”（《论语·子罕》），这些既是孔子对学生们的教导，也是一位知识分子，对一切不可一世的当权者呐喊出的独立宣言。杏坛，令世代知识分子有了与专制统治者分庭抗礼的底气与力量。

（7）孔子有着山岳般不容动摇的原则。这个原则便是以仁爱之心施仁爱之政。孔子在五十五岁时辞去司寇的高位离开鲁国，在列国一流浪就是十四年。朽败的鲁国国君，无道的篡权者季氏，岂能代表祖国？他走得十分决绝。

（8）在这十四年的流浪生涯里，孔子与其说是在谋取行道的高位，向各国推销自己的主张，毋宁说是在用另一种方式打造自己的杏坛——以饱尝苦难挫折的方式，以实践的方式，以亲历无道天下的方式，去教导、培养自己的学生。那辆吱吱嘎嘎总也不能安顿的牛车，不就是座流动的杏坛吗？

（9）想想孔子师徒被困于陈蔡之间野地里的七天七夜吧。没有粮食，没有水，一些学生病倒了。就在学生们迷惘、徘徊，甚至产生了不满的时候，孔子带领他们深入研讨，然后说："夫道既已大修而不用，是有国者之丑也。不容何病？不容然后见君子！"（《史记·孔子世家》）

（10）细细想来，这座杏坛也是孔子的自我解放呢。他从这里掂出了自己重如泰山的人生价值，也从这里获得了自己生命里最长久也最真实的自由与欢乐。当他苦恼、失意、不容于天下的时候，这座杏坛和聚在杏坛周围的学生，不是让他获得了无穷无尽的前行的力量吗？不是让他收获了发自灵魂深处的再生一样的喜悦吗？

（11）有了这种快乐，有了这种自由，有了这种解放，孔子真正强大了起来，心胸与眼界拓展得更加辽阔高远。困顿、磨难，还有那恶劣的环境和卑劣的国君，都已无足轻重。于是，孔子乘坐的牛车吱吱嘎嘎、信心十足地在中国大地上巡游开来。

（12）正是借助这座杏坛，我才看清了那个温良恭俭让的孔子，其实是一个意气风发的智者，"知其不可而为之"的勇士。即使"累累若丧家之狗"，也保持着乐观与幽默。在那战争频仍、弱肉强食的时代，孔子与他的杏坛坚定地发出和平与仁爱的声音。他向着一个时代，向着一大群如狼似虎的国君，固执地说着"不！"他不仅自己说，还立起杏坛，培养出一批批的学生一起说。他教导自己的学生以"举一反三"的创造精神去学习，以大无畏的牺牲精神去拯救无道的天下，以“朝闻道，夕死可矣”的献身精神去追求真理，以“当仁，不让于师”的悲悯精神去温暖这个世态炎凉的人间。这唯一的反调，真正开启了其后百家争鸣的热闹场面。我们不是应当感谢为中国立起了第一座杏坛的孔子吗？（有删改）

1. 文中两次提到孔子的“欢乐”，请概括其内容。

2. 文章为何以“杏坛”为题？

3. 请举例赏析本文所运用的表现手法。

4. 为什么“应当感谢为中国立起了第一座杏坛的孔子”？请分条说明。

参考答案：

1. 孔子的欢乐是大欢乐，是在崇高境界上的欢乐。概括起来有两个方面：一是在教与学中，体验到学习与育人的快乐；二是精神的解放与自由灵魂升华时的欢乐。

2. 这个杏坛，既是说中国的第一所民办学校设立在鲁国国都曲阜的一棵杏树之下，也是说它有着开门办学与学术自由、没有围墙的古代最优秀的教学传统。

3. 层层递进法，形象地再现历史；多棱透视法，多侧面地挖掘杏坛内涵以求立体地描述杏坛。

4. 感谢孔子与他的杏坛，一是他打破了教育被贵族与官府垄断的局面，第一个将教育放到了民间；二是他的有教无类让百姓的孩子有了受教育的机会；三是他创立了多项如触类旁通、举一反三、因材施教等教学方法；四是他为中国的文化与文明培育出了诸多人才等。